イタリア貴族の籠の鳥

キャロル・モーティマー 作

山口西夏 訳

ハーレクイン・ロマンス

東京・ロンドン・トロント・パリ・ニューヨーク・アテネ・アムステルダム
ハンブルク・ストックホルム・ミラノ・シドニー・マドリッド・ワルシャワ
ブダペスト・リオデジャネイロ・ルクセンブルク・フリブール・ムンバイ

A NIGHT IN THE PALACE

by Carole Mortimer

Published by Harlequin K.K., Tokyo, 2013

キャロル・モーティマー

ハーレクイン・シリーズでもっとも愛され、人気のある作家の1人。3人兄妹の末っ子としてベッドフォードシャーの小村で育つ。14歳の頃からロマンス小説に傾倒し、アン・メイザーに感銘を受けて作家になることを決意。コンピューター関連の仕事の合間に小説を書くようになり、1978年、みごとデビューを果たした。物語を作るときにいちばん楽しいのは、ヒロインとヒーローの性格を考えるとき。書いているうちに徐々に主導権が移り、いつのまにか彼らが物語を語りはじめるのだという。

主要登場人物

ジゼル・バートン……………………高校教師。愛称リリー。
フェリックス・バートン……………リリーの双子の弟。伯爵の個人秘書。
ドミトリ・スカルレッティ…………フェリックスの雇い主。イタリアの伯爵。
クラウディア・スカルレッティ……ドミトリの妹。
ダニー…………………………………リリーのボーイフレンド。

1

「緊急のお呼び出しを申しあげます。十三時三十分発のローマ行きに搭乗予定のミズ・ジゼル・バートン、至急、六番カウンターまでお越しください。ミズ・ジゼル・バートン、至急、六番カウンターまでお越しください」

今は亡き母以外のだれも私のことをジゼルと呼んだりしないのに、とリリーは思った。彼女は車輪が一つとれたスーツケースを引きずって、やっと五十二番カウンターまでたどり着き、長い人の列の最後尾についたばかりだった。

六番カウンターまで行くには、来たばかりのところをえんえんと戻らなければならず、リリーは信じられない思いでため息をついた。

そもそも、クリスマスを二日後に控えたロンドンの寒い朝、予約しておいたタクシーは遅れてやってきた。そのうえ、車は夜のあいだに降り積もった雪道をのろのろと進んだから、チェックインするのがいちばん最後となってしまった。だから両側に太ったビジネスマンが座る、窮屈な座席しか残っていないのは覚悟していた。

その運の悪さに追い打ちをかけるかのように、空港に着いてタクシーの運転手がトランクからスーツケースをとり出すとき、スーツケースの車輪が一つはずれてしまった。そのせいで、母のものだった古いスーツケースはまっすぐ引いていこうとしても、どうしても左に傾いていった。

もし、なにかの理由でこの便に乗れなくなったら、座り込んで泣きわめいてやるから。

でも、それは充分ありうる事態だ。このローマ便を予約したのはかなり遅かったし、クリスマス前はたいていの便がオーバーブッキングをするものなのだ。

ああ、それでなくても最悪の日なのに、これ以上悪いことが起きませんように。

「ミズ・ジゼル・バートン、ミズ・ジゼル・バートン、いらっしゃいましたら、至急、出発ターミナルの六番カウンターまでお越しください」

ええ、ええ、わかったわ。呼び出しのアナウンスがもう一度響きわたると、リリーはスーツケースのハンドルを握り直し、今、来たばかりのところを戻りはじめた。今度の呼び出しはさっきより切迫した調子で聞こえた。やっぱりローマ便には乗れないのだ。きっとクリスマスのあとの便に変更してほしいと言われるんだわ。

ああ、まったく、もう。

リリーが急にクリスマスをローマにいる弟といっしょに過ごすことに決めたのは、彼女自身のクリスマスの予定が狂ったからだった。リリーの弟のフェリックス・バートンは三カ月前にローマに移り住み、ある伯爵の個人秘書として働いていた。

それもこれも、二カ月前からつき合っているダニーの母親が、クリスマスにリリーを家によぶつもりはないと言ったのが悪いのだ。彼がそんな母親のことはほうっておいて、リリーと過ごしてくれると期待したのは甘かった。

でも、特に未来があるわけでもない男性との関係に終止符を打つには、いいタイミングだわ。悲しいけれども、リリーはそう思うことにした。

それに幸いなことに、ダニーにはそれほど執着していなかった。ダニーはリリーが教師をしている高校の同僚で、いっしょに映画や食事に出かける分には楽しいのだが、プライドばかり高くて要求の多い彼の母親には辟易《へきえき》していた。

だがクリスマスにローマに行くと決めると、これまでイタリアどころかイギリスの外に出たことさえなかったから、リリーの胸はときめいた。そのうえ三カ月ぶりに、あのなにをしても憎めない弟のフェリックスに会えるかと思うと、本当にうれしい。八年前に両親を亡くしていたせいできょうだいの絆《きずな》は強く、二人でいっしょに時間を過ごせるのは、電子メールでのやりとりや電話で話すのとは大違いだった。

ダニーにはすっかり失望させられたけれど、おかげでローマでクリスマスを迎えられると、リリーは喜んでいた。それなのにこの便を逃したら、イギリスに残ってテレビの前に座り、一人で七面鳥を食べるはめになるのだ。最悪だわ。まさか、こんなことになるなんて想像もしていなかった。

ターミナルビル内は暖房が効いているようで、やっと六番カウンターがあるあたりまで戻ってきたとき、リリーはむっとするような熱気のせいで気分が悪かった。

それなのに、六番カウンターが見あたらない。五番カウンターはある。七番カウンターもある。でも、六番は――。

「ミス・バートンでいらっしゃいますか？」

ふり向きざま、リリーは引いてきた自分のスーツケースにつまずいて転びそうになった。目の前に落ちてきたプラチナブロンドの髪をふっと息で吹き飛ばして視線を向けると、番号のふられていないカウンターの背後で、黒髪の美しい客室乗務員がすっくと立ちあがった。客室乗務員はカウンターの奥から出てくると、身長百五十五センチのリリーの前にそびえるように立った。

「ええ、リリー・バートンですけど……」

客室乗務員が眉をひそめる。「リリーですって？でも――」

「いいのよ、気にしないで。家庭の事情で、ジゼルなのにリリーと呼ばれているだけだから」

フェリックスが小さいときに舌がまわらなくてジゼルと言えず、レリーと呼んでいたのが結局リリーに落ち着いたのだなどと、ここでくどくど説明するつもりはなかった。それにジゼルと呼ばれると、だれかの年をとったおばさんになったみたいな気がする。いずれはそうなるとしても、二十六歳の今は、まだリリーのままでいたい。

「ほら」リリーはショルダーバッグのポケットからパスポートをとり出して、客室乗務員の形のいい鼻の前で広げた。

残念ながら、パスポートの写真はあまり写りがよくなかった。プラチナブロンドの長いストレートへアにはきちんとブラシをかけてあったが、カメラのフラッシュが光った瞬間に目を見開いたため、青い瞳は驚いているように見える。笑ってはいけないと言われたせいで口元は寂しげだったし、細くて長い首は髪の多い頭をかろうじて支えているかのようだった。

「私が予約したローマ便に乗れないって、あなたが言うつもりなら……」リリーはパスポートをショルダーバッグのポケットにしまった。「言っておくけど、今日これ以上ひどい目にあったら、私、ここでヒステリーを起こして泣き叫ぶかもしれないから」

それまで涼しげな顔ですましていた客室乗務員が、表情をやわらげて言った。「朝からいろいろなことがあったのですね」

リリーは天を仰いだ。「ええ、思い出したくもないほど」

それまでの事務的な態度を捨て、客室乗務員はくすくすと笑った。「だったら、ご安心ください。もう大丈夫ですから」

「ほんとに？」リリーは少し希望を持った。

「ええ。さあ、それは私に運ばせてください」客室乗務員はリリーのスーツケースのハンドルをつかみ、片方にしか車輪のついていないスーツケースを巧みに操って歩きだした。

「ちょっと！」リリーはあわてて追いかけ、客室乗務員の腕をつかんだ。「私の荷物を持って、どこに行くつもりなの！」

客室乗務員が笑顔でふり返った。「チェックインは私がして、そのあと、プライベートラウンジまでお連れします」

リリーはあっけにとられたが、すぐ首を横にふった。「きっとなにかの間違いだわ」とはいえ、ジゼル・バートンという名の女性が二人いるとは考えられない。ましてや今日、同じローマ便を予約しているなんてありえないだろう。「私が予約したのは、エコノミークラスなのよ」

美しい客室乗務員がまたほほえんだ。「その予約は先ほどアップグレードされたのです」

「アップグレード？」

「ええ、ですから、私がチェックインをしてさしあげるのです」

「そして、そのあとで私をプライベートラウンジに連れていくの？」

「ええ。さあ、どうぞ私といっしょにいらしてください」

リリーは一歩も動かずに首をふった。「いいえ、ぜったいこれはなにかの間違いだわ。たしかに私はジゼル・バートンで、ローマ行きの便に乗る予定だけど、予約したのはエコノミークラスなのよ」

「たしかにそうでしたが……」客室乗務員はてきぱきと説明した。「今朝、スカルレッティ伯爵がみずからお電話をくださって、あなたの予約した座席をファーストクラスに変更なさったのです。さらに、空港でも機内でも丁重におもてなしするようにと言いつかっています」

スカルレッティ伯爵って？

ドミトリ・スカルレッティ伯爵のこと？

弟のフェリックスが個人秘書をしていて、ロシア人とイタリア人の祖先を持つ、あの大物伯爵？

きっとそうね。同じ名前の伯爵が二人いるわけはないから。

「それからレオナルド・ダ・ヴィンチ空港に到着したら、お迎えの車が待たせてあるとのことです」客室乗務員はうらやましそうに付け加えた。

でも、フェリックスが空港で待っているはずなのに……。

もしかしたら伯爵が急に仕事でフェリックスが必要になったから、それでこうして埋め合わせをしているのかしら。

そんなことはどうでもいいわ。フェリックスのアパートメントに着いたら、弟がなにもかも説明してくれるはずだ。

そのあとは丁重なサービスの連続で、数時間後にレオナルド・ダ・ヴィンチ空港に到着するころには、リリーの頭は少しくらくらしていた。

まずロンドンの空港では、ＶＩＰ専用のプライベートラウンジで飲み物と食べ物のサービスを受けた。ファーストクラスの座席まで連れていかれたあとも、またシャンパンとカナッペのサービスがあった。カナッペをもうこれ以上食べられないというほど食べて、シャンパンをグラスに三杯飲むと急に眠くなり、結局リリーは飛行機がローマに着陸するまで、ぐっすり眠りこんでしまった。

到着ロビーに出ていくと、リリーはすぐに自分の名前が書かれたプラカードに気づいた。プラカードを高々と掲げているのは、運転手の制服を着た筋骨たくましい大男で、運転手というよりはボディガードのようだった。

その男は自分のことをマルコとだけ紹介して、リリーがジゼル・バートンであることを確かめると、彼女のスーツケースを軽々と持ちあげた。そして、ターミナルビルのすぐ外にとめられた黒塗りの大型車へと歩いていったので、リリーは彼のあとをついていくしかなかった。

リリーが英語とたどたどしいイタリア語で話しかけても、マルコには通じないようだった。ただし、フェリックスとスカルレッティ伯爵の名前を言ったときだけ、彼は〝はい《シ》〟と答えた。それから、リリーを後部座席に乗せるとドアをしっかり閉め、スーツケースをトランクに入れた。

まわりでこっちを見ている大勢の旅行者は、きっと厚ぼったい黒のジャケットと古びたジーンズ姿の私を、〝どこかのセレブかなにかなのかしら〟と思っているに違いない。しかも、〝古着屋で服を買っているセレブなのね〟と想像されていそうだ。

運転席についたマルコが車を発進させ、ハイウェイの車の流れに加わるころには、リリーは場違いな自分が恥ずかしくて頬が熱くなっていた。だが、運転席と乗客席のあいだにはガラスの仕切りがあるので、マルコにはなにも尋ねることができなかった。

リリーはしかたなく革張りのシートに深々と座り、スピードを上げてローマの市街地へと向かう車の窓から外を眺めた。まるでシンデレラみたいなこの待遇はもうすぐ終わるのだから、今のうちにしっかり楽しんでおこう。

ローマの気温は、リリーが予想していたとおりだった。戸外ではTシャツ一枚というわけにはいかなくても、イギリスにくらべれば十度ほど暖かく、明るい日差しのせいでなにもかも明るく輝いて見える。

街角にはあちこちに噴水や彫像があって、屋外にテーブルを出しているカフェも多かった。

フェリックスがこの街を好きになったのも当然だ。

それに、気に入ったのは街だけではない。弟はディーという名のイタリア人女性とつき合っていて、今回、その恋人をリリーに紹介してくれることになっていた。

ローマはいとも簡単に恋に落ちてしまう街なのね、と彼女は思った。

　空港を出て三十分ほどたったとき、リリーは眉をひそめた。マルコが車をとめたのがアパートメントの前ではなく、高さが四メートルはある大きな両開きの門の前だったからだ。門がゆっくりと開くと、かつては宮殿だったのではと思われるほど壮麗な屋敷が目の前に現れ、車は中庭まで進んでとまった。

　車から降りてきたマルコが、リリーのためにドアを開けてくれる。そのときには、大きな門はすでにしっかり閉じていた。

　門のすぐ外は街の喧噪《けんそう》に満ちているはずなのに、車から中庭に降り立つと、四方を塀に囲まれた敷地内は不思議なほど静かだった。静かすぎて怖いくらいで、不気味でさえあった。

　リリーは着ていたジャケットの前をしっかり合わせて、マルコのほうをふり返った。「失礼ですけど《ミ・スクージ》、英語を話せますか《パルラ・イングレーゼ》？」

「いいえ《ノー》」マルコは無愛想に英語で答えて、車のうしろにまわり、トランクからスーツケースをとり出した。

　残念ながら、おしゃべりな人じゃないのね。不安を解消したいところだけど、なんの役にも立ってくれそうにない。

　今にして思えば、イギリスの空港と機内であまりにも丁重なサービスを受けたために、リリーは根拠のない安心感を抱いていた。だが実際にはマルコと名乗っただけの、それ以外はひとことも口をきかなかった見ず知らずの男に連れられて、ここまで来てしまっただけなのだ。おまけに、フェリックスと伯爵の名を口にしたのはマルコではなく、リリー自身だった。

それだけではない。いくらかつては宮殿だったように見えても、この屋敷はもしかしたら売春宿かもしれないのだ。きっと会員制の高級なところなんだわ。売春宿に変わりはないけれど。

リリーの脳裏に、以前読んだ新聞記事がちらついた。たしか、ブロンドで青い目をした若い女には高値がつく、と書いてあった。ある日突然行方不明になった女が、実際にはどこかに監禁されていて、金持ちの男たちの目を引かなくなる年齢まで体を売らされる、という記事もあった。

私って、本当に田舎者だったわ。ローマに一人で来るべきじゃなかった。いっしょに来てくれる人もいないのに、海外旅行をしようなんて思ってはいけなかったのだ。

急に怖くなってふり返ると、マルコはリリーのスーツケースを庭の玉砂利の上に置いていた。

「シニョール、私はどうしても弟のアパートメントに――」

「マルコ、ありがとう。もうそこまででいい」

命令調のハスキーな声がどこからともなく聞こえてきて、リリーは背筋に寒気を感じて動けなくなった。あわててふり向くと、日陰になっている二階のバルコニーの奥のほうに男性が立っていて、庭を見おろしている。目を凝らしても顔はよく見えなかったが、背が高くて屈強そうなことだけはわかった。

もしかして、あれは売春宿の主人なの？

まあ、私ったら、なにを考えているの。リリーはばかなことを考えている自分を叱った。もちろん、あの人は売春宿の主人なんかじゃない。だって、ここは売春宿じゃないのだから。私がここに連れてこられたのには、それなりの理由があるはずだ。たった今きちんとした英語をしゃべったのだし、バルコニーにいるあの人がきっと説明してくれるわ。

とりあえず運転手にお礼を言おうと思って、うしろをふり返ったけれど、リリーはまたもや不安になっただけだった。バルコニーにいる男性に気をとられているうちに、マルコの姿は消えていた。

ということは、私の想像どおりだったのかしら？　私の注意をそらしているあいだにマルコが消えたということは、私はあのバルコニーにいる男性に好きなようにされてしまうの？

リリーはバルコニーの男性のほうに向き直って、きっとにらみつけた。私はもう二十六歳なのよ。イギリスでは高校教師をしていて、自分のアパートメントの住宅ローンだって払っている。責任を背負って生きている私が、自分の顔をきちんと見せる勇気さえない人を怖がってたまるものですか。

そう思ったとたん、リリーは唾をのみ込んだ。男性がリリーの心を読んだように日陰から出てきて、バルコニーの手すりのところに立ち、そこから彼女を見おろしたからだ。

男性は思ったとおり背が高く、身長百五十五センチのリリーより三十センチは高そうだった。真っ白なシャツを高級ブランド物のジャケットの下に着て、グレーのシルクのネクタイを締めている。肩幅はかなり広く、腰は男らしく引き締まっていて、オーダーメイドらしきスラックスに包まれた脚は信じられないほど長い。

だが、リリーが思わず見とれてしまったのは、男性の顔だった。いうならば、〝ローマ人とはこうあるべき〟という特徴が備わっていたからだ。彫りが深く、肌はきれいなオリーブ色で、鼻はまっすぐ、目の色は淡い。角張った顎は、尊大に見える彫りの深い顔の中でも特に男らしかった。

男性の風貌は、リリーが夢見ていた理想の男性そのものだった。女ならだれでも、なんとかして自分のものにしたくなるような人だ。

そのとき、男性が黒い眉を片方だけ上げ、輪郭のくっきりした唇をおかしそうに引きつらせた。「そんなに心配しなくてもいい、ミス・バートン」

まあ、彼は私の名前を知っているんだわ。「いったい、あなたはだれなの?」

男性は軽くうなずき、バルコニーから中庭に下りる階段のほうへ向かった。「今、そこに下りていって、僕がだれだか紹介——」

「だめよ!」

男性は階段を下りる寸前で立ちどまり、黒い眉をいかにも尊大そうに、そして前よりもさらに高く上げた。「だめだって?」

「ええ」リリーはひるまなかった。肩をいからせ、ブーツをはいた両足を玉砂利の上でわずかに開いて踏ん張り、男性の目をまっすぐ見据える。「そこを一歩も動かずに、あなたが何者なのか正直に言ってちょうだい」

「何者なのか正直に?」

「ええ、そうよ」リリーは一歩も譲らない口調で言った。

男性は首をかしげてリリーを眺めている。

あの目はブルーかしら? いいえ、グリーンかもしれない。ひょっとするとグレーかも。

彼はリリーの頭のてっぺんから、ブーツをはいた小さな足の先までを値踏みするように見ていった。それから視線をかすかに赤くなっているリリーの顔に戻すと、おかしそうに目をきらめかせてゆっくりと言った。「君は僕が何者だと思っているのかな? 正直に言ってごらん」

リリーの心臓がいつもの倍の速さで打った。その鼓動が男性に聞こえているはずはないのに、これほど臆病になっている自分に気が滅入《めい》った。「それがわかっていたら、尋ねるはずがないでしょう!」

男性は階段の最上段に立ったまま、落ち着きはらって言った。「つまり、こういうことかな? 君は空港で見ず知らずの男の車に乗り込み、特に抵抗もせず、知らないところに連れてこられた。そこでなにが、あるいはだれが待っているとも知れないというのに、だ」

リリーは顔が熱くなってきた。自分のしたことなら、とっくに後悔している。だれだか知らないけれど、この傲慢なイタリア人にこうもはっきり指摘されたくはない。

彼女はむっとして言った。「私は、あの運転手が弟のアパートメントに連れていってくれると思ったの。たしかに、もう少し気をつけて行動するべきだったけど――」

「もう少しだって?」男性が黒い眉をひそめ、目を細くした。「はっきり言わせてもらえば、君は世間知らずすぎる」

「そこまではっきり言ってもらいたくはなかったわ」リリーは男性を腹立たしそうににらんだ。「それに、もし私をここに連れてこさせたのが身の代金を要求するためだったら、言っておきますけど、私の家族は弟だけなの。そして、その弟も私と同じくらい貧乏なのよ!」

「本当に?」

「ええ、そうよ」言うだけ言うと、リリーの気はすんだ。「さあ、あなたがだれなのか、なにがあなたの狙いなのか、さっさと教えて」

男性は信じられないというふうに首を横にふった。「君は本当になにも知らないのか?」

「そうやって時間稼ぎをするのはやめてちょうだい。私はだんだん腹が立ってきているんだから」リリーは体の脇で拳を握り締めた。「だから、ここから逃げ出せたらすぐに警察に駆け込ませてもらうわ」

男性の眉がくいっと上がる。「それじゃ、君を逃がさないほうがよさそうだな」

リリーもそのことには気づいていた。「あなたがだれで、ここがどこなのか答えてもらうのが、それほど不当な要求だとは思わないけど」

「そうとも、まったく不当な要求ではない」男はもったいをつけてゆっくりと言った。「僕はドミトリ・スカルレッティだ、ミス・バートン。そして君が今立っているのは、僕の家の庭なんだよ」

まあ、弟の雇い主の伯爵？

ここに来るまで私が快適であるように心を配ってくれたのは、この人だったのだ。

それなのに私はお礼も言わず、誘拐犯の疑いをかけてののしり、警察に行くと言って脅してしまった！

2

これが違う状況だったなら、彼の正体がわかって狼狽《ろうばい》しているジゼル・バートンの美しい顔を、ドミトリもおもしろがって見ていられたかもしれない。だが今はどのようなものであれ、バートン家の人間の言動を楽しんでいるわけにはいかなかった。たとえ、目の前にいる相手が想像もしていなかったほどの美女だったとしても。

ジゼル・バートンの容姿をつぶさに観察しながら、ドミトリは階段を下りていった。こういう色合いの髪を見たのは初めてだ。長くとても淡い色のブロンドは日差しの中で銀色に輝いていて、男ならだれでも抱き寄せて指をからませてみたくなるだろう。

怒りにきらめいている目は夏の空のように青く、小さな鼻は鼻筋が通っていて、ふっくらとした形のいい唇は男にキスをされるためにあるかのようだ。もっとも、小さな顎は強情そうだった。そして現在、ジゼル・バートンはその顎を突き出して、ドミトリをにらみつけていた。

厚手の黒いジャケットを着ているので、彼女の体の線はよくわからない。だが細身のジーンズに包まれた脚はほっそりとしていて長く、ありきたりのブーツをはいていても、小さな足をしているのがわかる。とにかくジゼル・バートンは、想像をはるかに超える魅力的な女性だった。

すでに三十六歳だったドミトリは、仕事でも私生活でも自分がそれなりの評判を得ているのを知っていた。事実、彼はいつも美しい女性を同伴して公の場に姿を見せることで有名だった。したがって状況が状況なら、勝ち気さと繊細な美しさを兼ね備えたジゼル・バートンは挑戦しがいのある誘惑相手のはずだった。しかし深刻な問題を抱えていた彼は、この女性の美しさに心を奪われているわけにはいかなかった。

ドミトリが見ていると、ジゼル・バートンが細い喉を上下させて、ごくりと唾をのみ込んだ。「私……あなたに……あやまったほうがいいみたいね、スカルレッティ伯爵」頬が赤くなっているのは、もちろん恥ずかしさのせいだった。「私は本当になにも知らなかったの。あの運転手はなにも教えてくれなかったから――」

「マルコにはなにも説明しないように言ってあった」

リリーは夏の空のように青い目を見開き、不審そうにドミトリの顔を見あげた。もうドミトリはすぐそばに来ているというのに、リリーの頭は彼の肩までもなかった。

「まあ、そうだったの？」

「そうだよ」腰を曲げてリリーのスーツケースを持ちあげると、ドミトリは玄関に向かった。「さあ、いっしょに来てくれ。温かい飲み物を用意してある」

なんなの、この人は。自分がひとこと言えば、私がどこへでもついていくと思っているんだわ。今日はもう充分ばかなまねをしでかしてしまったんだから、これ以上はごめんなのに。

リリーはその場を一歩も動かずに、大きな声で尋ねた。「フェリックスはどこにいるの？」

広い肩をこわばらせて玄関の前で立ちどまり、ドミトリがゆっくりとふり返った。眉をひそめた彼の目は、よく見ると淡いグリーンをしている。じっと見つめていると、彼女はその中に吸い込まれてしまいそうな錯覚を覚えた。

ドミトリがリリーを見据えた。「それはなかなかおもしろい質問だ」

リリーは、はっとした。「弟になにかあったの？」彼女は急いで庭を横切って玄関まで歩いていき、ドミトリの顔を不安そうに見あげた。「お願いだから、フェリックスが交通事故にあったなんて言わないで」ここに来るまでにわかったことだが、イタリアで車に乗るのはまるで自殺行為のようで、だれもが乱暴な運転をしていた。

冷ややかな目を細くし、ドミトリが眉をつりあげる。「質問に対する答えだが、君の弟がどこにいるかは、今のところまったくわからない」ざらついた冷たい声だった。

リリーの背筋は不安にふるえた。「いったいどういうことなの！」脚の長いドミトリのあとから、小走りで屋敷の中へついていく。

だが玄関ホールに入るなり、そのあまりの豪華さに圧倒されて、彼女はわずかながらたじろいだ。床は大理石で、丸天井からはシャンデリアが下がり、壁にかかっている絵画はきっと本物だ。

屋敷の中はとても静かで、ドミトリのあとについて大理石の長い廊下を歩いていくときも、二人の足音しか聞こえなかった。

文句なしに大きな屋敷だ。リリーが知るかぎり、伯爵はここに妹のクラウディアと二人で住んでいるという。これほど大きな住まいだとしたら、当然ながら掃除や料理をしてくれる使用人も多いはずだ。ところが、屋敷内にはまったく人けがなく、不気味なほど静まり返っていた。

リリーは伯爵のあとを急いでついていき、廊下の突き当たりの部屋に入った。そしてそこに足を踏み入れたとたん、またもやあまりの豪華さに息をのんで立ちすくんだ。白くきらめく壁に金箔《きんぱく》をほどこした飾り模様が映え、ここの天井にも美しいシャンデリアが下がっている。大理石の床には深いブルーのオービュッソン織の絨毯《じゅうたん》が敷いてあるし、磁器の小さな像が並べられた繊細なデザインの調度は明らかに十九世紀初期のもので、玄関ホールと同じく壁にはやはり本物らしき絵画が何点かかかっていた。床近くまである大きな窓の向こうには、ローマのすばらしい眺めが広がっている。

そして部屋の暖炉の横には、ドミトリ・スカルレッティ伯爵が堂々と立っていた。ぱちぱちと音をたてて燃える暖炉の火が、なんだか屋敷の主《あるじ》に欠けている温かさを補っているかのように見えた。

また背筋がぞっとして、リリーはジャケットの前をしっかり重ね合わせた。「どうしてフェリックスが空港に来なかったのか、まだちゃんと説明してもらっていないわ」

伯爵がもう一度尊大そうに、片方の眉をゆっくりと上げる。「そうだったかな」

リリーはどうも腑《ふ》に落ちなかった。フェリックスから聞いたかぎりでは、ドミトリ・スカルレッティ伯爵は仕事には非常に厳しいが、なにごとにも公平で、自分にできないことは他人にも求めないという話だった。世間の評判では私生活は派手らしいけれど、それでも冷淡で、よそよそしく、もったいぶった人物だとは、フェリックスはひとことも言わなかった。

リリーは勢いよく息を吸った。「あなたって人は――」

「その話をする前に、紅茶を一杯もらえないだろうか」ドミトリは白いコーヒーテーブルの上の銀のトレイに用意してある、ティーポットとカップのほうを見た。

そんなことはしたくもなかった。紅茶の支度をするより、フェリックスがどこにいるのか、どうして空港に迎えに来なかったのか、さっさと教えてほしかった。

でも、この人は弟の雇い主だから、あからさまに失礼な態度をとるわけにもいかないだろう。それに、私の座席をわざわざファーストクラスに変更してくれたうえに、自分の運転手を空港まで迎えによこしてくれた人でもある。

ジゼル・バートンの心の葛藤が目に見えるようで、ドミトリはにやりとしそうになった。だが、フェリックスのとった行動について姉がどれくらい知っているのか突きとめるまでは、弟と同じくらい疑ってかかるべきだ。

「長いあいだ、飛行機に乗っていたのだから、君もなにか飲んでゆっくりしたほうがいいんじゃないかな、ミス・バートン」

「そうでもないわ。飛行機の中で、いやというほどシャンパンを飲んだから」

「なるほど」ドミトリが気分を害したような声で応じた。

リリーは顔を赤らめ、肩をすくめた。「あなたがファーストクラスに私の座席をアップグレードしてくれたおかげだけど」

「たいしたことじゃない」

「ええ。でも、ありがとう」

リリーはきまりが悪そうだが、ファーストクラスに乗り慣れていないのだろうか？ たぶんそうだろう。ドミトリはこれまでの三カ月間フェリックスと話をするうちに、彼の両親はすでに亡くなっていて、唯一の肉親である姉はロンドンで一人暮らしをしていることを聞き出していた。

「さてと、あなたにはずいぶん時間を使わせてしまったようね。もしかまわなければ、タクシーを呼んでもらえないかしら。私はそろそろフェリックスのアパートメントに行くことにするわ」

「そうするのは、もう少しあとでもいいだろう」ドミトリは暖炉の横にある肘掛け椅子まで移動した。この女性との会話がどう決着するにしろ、自分が納得するまでは、ここから立ち去らせるわけにはいかない。

肘掛け椅子に腰を下ろすと、ドミトリはリリーに皮肉っぽい目を向けながら脚を組んだ。

「たとえ君が飲みたくなくても、僕のために紅茶をついでもらえないだろうか」

「え、ええ、いいわ」リリーがぎこちなくショルダーバッグを床に下ろしたとき、なにか固くて重いものが床の絨毯に当たる音がした。「スーツケースの車輪が入っているのよ。今朝、はずれたの」彼女は恥ずかしそうに説明した。

ドミトリがすっくと立ちあがった。「ちょっと見せてもらえるかな？」

リリーは、目の前に差し出されたほっそりした優美な手を見つめた。このオリーブ色の手を私の白い肌に重ねたら、どんな感じに見えるのだろう？ そう思ったとたん頬が熱くなり、リリーは赤面した顔を隠すためにうつむいて、ショルダーバッグの横にしゃがみ込んだ。

「すっかり壊れているんだけど」それでも、リリーは車輪をショルダーバッグからとり出してわたした。ドミトリの圧倒的な尊大さの前では、断ることなどできなかった。

だが、そんな態度も役に立つことがあるらしい。ドミトリがスーツケースを傾け、車輪を横からひねるようにして差し込むと、部品はかちっと音をたてて元の場所におさまった。

リリーは、自分がまったく無能な人間のような気がした。朝からこのスーツケースと格闘してきたのに、伯爵の手にかかると、あっという間に直ってしまうなんて。

「ありがとう」小さな声でお礼を言って、リリーは紅茶を用意しに行ったけれど、ドミトリがまた暖炉のほうへ戻って肘掛け椅子に腰を下ろしたのにはしっかり気づいていた。

「どういたしまして」ドミトリが静かな口調で言葉を返した。

ドミトリと目を合わさないようにして、リリーは紅茶をついだティーカップをわたした。そうしながら、カップを受けとるドミトリの上品な長い指にはふれないように気をつける。実際にそうする必要があるわけでもないのに、彼女は目の前の男性のことをなにからなにまで意識していた。

急に考えを変えて、暖炉の前の、ドミトリと向かい合う位置にある肘掛け椅子に腰を下ろす。伯爵がタクシーを呼んでくれるかどうかはわからないけれど、もう少しここにいて、弟が今どこにいるのかわかってから、アパートメントに行ったほうがよさそうだ。

リリーは座った椅子の上で背筋を伸ばした。「あなたのご親切には本当に感謝しているの、スカルレッティ伯爵――」

「ドミトリだ。僕のことはドミトリと呼んでほしい。もっとも、君をジゼルと呼んでよければ、だが」伯爵が言った。

リリーは口をあんぐりと開けた。「だめよ」そして、あわてて説明する。「だって、みんなからはリリーと呼ばれているから」

「なるほど」伯爵が黒い眉をくいっと上げた。「それはどうしてだ？」

「説明してもかまわないんだけど、長くて退屈な話なの。あなたの大切な時間を割いてまで聞いてもらう話じゃないと思うわ」

「今日の僕は特に大事な用事もないんだ」ドミトリはのんびりと告げた。「それに、価値があるかどうかは聞く本人が決めることじゃないかな」

「聞くと決めるまでに、充分退屈すると思うわ」リリーは顔をしかめて前に体を倒し、自分のために紅茶をティーカップについだ。伯爵が肝心な話をなかなかしてくれないつもりなら、なにか飲んでいたほうがよさそうだ。

「さあ、理由を話してくれ」ドミトリはうながした。

「本当にたいした話じゃないの」

ドミトリは広い肩をすくめた。「さっきも言ったように、今日はほかにすることがないんだ」

そういう問題じゃないのよね。リリーはとにかく早くフェリックスに会いたかった。そして、二人でどこかに出かけてクリスマスを祝いたかった。

クリスマスといえば……あさっては十二月二十五日だというのに、この部屋にはクリスマスツリーどころか、なんの飾りつけもされていない。イタリアではクリスマスを祝わないのだろうか？　いいえ、そんなことはないはずだ。だって、サンタクロースのことをイタリア語では〝バッボナターレ〟って言うじゃない？　たぶん、この伯爵がクリスマスを祝わないだけなんだわ。

それにしても、こんなにどうでもいい事柄を次々と考えているのは、このいかにも偉そうにしている伯爵に自分のことを教えたくないからだろうか？

「わかったわ」リリーはそっけなく答えた。イギリスの空港で出会った、あの客室乗務員に説明していなくてよかった。こんな話は一日に二度もしていられない。「母はバレエの《ジゼル》が大好きで、私にこの名前をつけたの。だけど、まだ舌がよくまわらなかった年齢のフェリックスには発音しにくかったみたいで、最初はレリーって呼んでいたわ。で、そのうちリリーに落ち着いて、そのあとはずっとそう呼ばれているってわけ。たぶん、それでよかったんだと思う。だって、六歳のときにバレエのレッスンを二度受けただけで、まったく才能がないってわかったから。まるで象が踊っているみたいだったたの」彼女は哀れな顔で話しおえた。

もしリリーとディナーパーティかなにかで出会っていたとしたら、ドミトリはその話を笑って楽しんでいたに違いない。ところが今、彼の頭はほかのことでいっぱいだったから、そんな心の余裕はなかった。

「信じがたい話だな」

「でも、本当なの」

ドミトリがゆっくりと体を前に倒して、からになったティーカップを銀のトレイに置いた。「ところで、今日、フェリックスからなにか連絡があったか？」

突然、淡いグリーンの目でしっかり見つめられて、リリーは弓矢で射止められた獲物にでもなったような気がした。「い、いいえ。どうしてフェリックスが私に連絡をしてくる必要があるの？　弟とは空港で待ち合わせることになっていただけだわ」

「だが、彼は明らかにその約束を破ったというわけだね」

「え、ええ。でも私は、あなたが仕事で弟を必要としているのだと思っていたの」リリーはまた不安になり、緊張してきた。「あなたは今日、フェリックスに会っていないの?」

ドミトリが急に口を引き結んだ。「残念ながら、会っていない」

その言い方にはぞっとするほどの怒りが感じられて、リリーはますます不安になった。「じゃあ、フェリックスは今どこにいるの?」

「それがわかれば、こんな苦労はしない」突然、ドミトリの淡いグリーンの目が氷のように冷たくなった。「たしかに、今日はフェリックスから連絡を受けていないんだね?」

「ええ、たしかよ!」リリーの我慢もそろそろ限界だった。「自分の弟と話をしていれば、当然、覚えているわ!」

ドミトリが鼻から荒い息を吐き、顎の筋肉を引きつらせた。「メールも受けとっていないのか? 一通も?」

「ええ、そうよ」リリーは急に自信がなくなってきた。「でも、ローマに着いてからはまだチェックしていないから……」

顔をしかめて立ちあがり、大きなショルダーバッグの中をかきまわして携帯電話をさがす。けれど、バッグには財布にペーパーバックが二冊、化粧ポーチ、リップクリーム、ペン、それに機内で飲んだコーヒーについてきた甘味料やミントタブレットまで入っていたから、すぐには見つからなかった。

「いったいこれはどういうことなのか、あなたがさっさと教えてくれれば……」やっと見つかった携帯電話を、リリーはバッグからとり出した。「私だって……」

だが、そのあとは続けられなかった。ドミトリがいきなり立ちあがり、リリーの手から携帯電話を奪いとったからだ。

「ちょっと！」リリーは叫んで、ショルダーバッグを床に落とした。「なにをするの！」

「留守電にメッセージが二件、入っているようだ」ドミトリはリリーの叫び声を無視して、携帯電話の画面に見入っている。

「それは私宛なのに！」リリーはドミトリの手からすばやく携帯電話を奪い返した。

ドミトリが顎の筋肉をまた引きつらせてリリーをにらんだ。「君がそうやって反抗的な態度をとりつづけるかぎり、問題はなにも解決しない」

「その問題がなんなのか説明してくれれば、反抗的でいなくてもいいと思うかもしれないでしょう！」リリーは負けじとドミトリをにらみ返した。

いつになく冷静さを欠いている自分に気づき、ドミトリは深く息を吸って呼吸を整えてから、厳しい声で言いわたした。「留守電を聞いたら、内容を僕に教えるんだ」

あきれたリリーは眉をつりあげた。「あなたが知るべきだと私が思ったなら、たぶん教えてあげるわ！」

ドミトリはリリーの体をつかんで、歯の根が合わなくなるまで揺さぶってやりたかったが、ぐっとこらえ、冷たい目で彼女を見た。「いいから、さっさと伝言を聞いてくれ、頼む」彼は歯ぎしりをして、体の脇で手を握り締めた。

リリーはごくりと唾をのみ込むと、ドミトリから目をそらして携帯電話を耳にあて、留守番電話に残されたメッセージを聞いた。

「最初のメッセージは、あなたには関係ないわ」リリーは告げた。伝言を残したのはダニーで、今ごろになってローマ旅行を楽しんできてほしいと言っていた。きっとクリスマス休暇のあとで、また会いたいとか思っているんだわ。とんでもない。「二つ目は……」

リリーは急に黙り込んだ。二つ目のメッセージはフェリックスからで、イギリス時間で今朝の九時に残されていた。リリーがまだ空港に向かう前だったけれど、そのときはアパートメントの前でなかなか来ないタクシーをいらいらしながら待っていたから、留守番電話をチェックしようなんて思わなかった。

フェリックスが残したメッセージを聞くうち、その声が切迫しているのに気づき、リリーの体はふるえだした。

〝リリー、ローマには来ないでくれ。今度会ったときになにもかも話すから、とにかく、ぜったいローマには来ないでほしい!〟

「どうしてフェリックスはこんなことを……」

リリーが呆然《ぼうぜん》と見あげると、黙ってそばに立っていたドミトリが、抵抗するのも忘れている彼女の手から携帯電話をとりあげ、そのメッセージをもう一度再生して聞いた。

「なぜフェリックスは、私にローマに来るなと言ったのかしら?」リリーはわけがわからず、淡いグリーンの目をぎらつかせて自分をにらんでいるドミトリにつぶやいた。「フェリックスは今、どこにいるの?」

ドミトリが音をたてて携帯電話を閉じ、歯を食いしばった。「さっきも言ったように、それはなかなかおもしろい質問だが——」

「だったら、さっさと答えてちょうだい!」リリーはなにもかもドミトリのせいであるかのように鋭い目を向け、彼の手から携帯電話を奪い返した。

悔しいながらも、ドミトリはリリーの目がさっきからサファイア色をしているのに気づかずにはいられなかった。色白のきれいな頬はほんのりピンク色に染まっていて、きれいな弧を描いていた唇は今では頑固そうに一文字に結ばれていた。

「フェリックスがどうして私の携帯電話にこんなメッセージを残したのか、あなたは知っているはずだわ。そうでなければ、私の席をファーストクラスに替えたり、空港まで車を迎えによこしたりするはずがないもの！」

この女性は美しいだけでなく、頭も切れるようだと、ドミトリは認めた。今朝、ジゼル・バートンがイギリスの空港でローマ行きの便に乗ろうとしているという電話がかかってきたとき、どれほどほっとしたことか。それまではローマに来ないよう、フェリックスがすでに姉に連絡しているはずだとあきらめかけていたのだ。

だが、実際に彼女はこうしてローマにやってきた……。

「たしかに、君の言うとおりだ」ドミトリはむっとしつつもリリーの言い分を認め、暖炉のそばに戻った。「しかし、君の弟が現在どこにいるかは、僕も知らない」知っていれば、とんでもなく反抗的なフェリックスの姉としゃべったりして、大切な時間を無駄になどしていない。だが残念ながら、今のところはこの女性だけがフェリックスの居どころを突きとめるための唯一の手段なのだ。「それから、はっきり言っておくが、居どころがわかりしだい、君の弟にはイタリアから出ていってもらう。そして、二度とこの国に来られないようにとり計らうつもりだ」

リリーが急に静かになった。頭の中は混乱していたが、ドミトリの全身からにじみ出ているフェリックスとリリーに対する激しい怒りに気づかないほどではなかった。

この人をこんなに怒らせてしまうなんて、いったいフェリックスはなにをしでかしたのだろう？　でも、理由がなんであったとしても、弟をここまで非難されて黙っているわけにはいかない。

「そうやって私を脅しても無駄なんだから」リリーが歯を食いしばると、ドミトリがおかしそうに目をきらめかせて、彼女の小さな体を上から下まで眺めた。「見かけだけで判断しないことね！　私、キックボクシングはかなりの腕前なのよ。見せてあげてもいいわ！」

ドミトリがうなずいた。「問題がすっかり解決したら、喜んで君の腕前を拝見するとしよう。だが……」彼はリリーに口をはさませずに、冷たく言い放った。「今は君の弟の居どころを突きとめて、このことがスキャンダルにならないうちに、僕の妹を連れ戻すことが先決だ！」

リリーは本当にわけがわからなくなった。クラウディア・スカルレッティが、フェリックスとなんの関係があるの？

「どうしてあなたの妹さんが……」

ドミトリがリリーの目を食い入るように見た。

「その言葉どおり、君が潔白だと信じられればいいんだが」

「私は潔白だわ！　もっとも、なにも知らないことがそうだと、あなたが思うならだけど」リリーは眉をひそめた。「なんのことを言われているのか、私にはさっぱりわからないんだもの」

「君の弟が僕の妹と今朝、駆け落ちしたことを言っているんだ！」ドミトリはとうとう怒鳴った。我慢も限界に達したらしい。

リリーは目をぱちくりさせた。

駆け落ちですって？　フェリックスが？

しかも相手は、クラウディア・スカルレッティなの？

3

「そんなはずはないわ！」ドミトリの言葉を打ち消し、リリーは自信を持って言葉を続けた。「あなたはたいへんな誤解をしている。妹さんの行方が知れないのはきっと心配でしょうけど、そのこととフェリックスとはなんの関係もないわ。だって弟は今、ディーという女性に夢中で、しばらく前からその人の話ばかりしていたもの」

フェリックスのメールにはいつも、イタリアに来てから知り合ったという女性のことしか書かれていなかった。電話で話すのも、その女性のことばかりだった。

「たぶん、君の弟はいまだに舌たらずで、クラウディアと発音できないのだろうな」ドミトリが腹立たしそうに言った。

リリーの顔から血の気が引いた。「なんですって？」

「ディーというのは、フェリックスが僕の妹を呼ぶときの名前だ」

思わずあとずさりをすると、リリーは喉に手をあてて息をのんだ。

そんなことがありうるだろうか？　もしフェリックスが伯爵の妹を好きになったのなら、きっと姉の私にそう言ったはずだ。

それとも、言わないだろうか？

もし打ち明けられていたなら、きっと私は〝やめておきなさい、そんなことは正気の沙汰じゃないから〟と注意していたに違いない。

クラウディア・スカルレッティは富と権力に恵まれた、イタリアでも屈指の男性の妹だ。そんな女性を好きになるなんて、とんでもない。けれど、たとえこれまで多少は分別を欠いた行動をとったことがあるとはいえ、フェリックスはスカルレッティ伯爵の妹と駆け落ちをするほど無分別ではないはず。

でも、ドミトリはそうだと思い込んでいる。

リリーは自分の顔が青ざめているのを意識しつつ尋ねた。「あなたはなにか確信があって、そんなふうに言っているの?」

「もちろんだ」ドミトリは上着のポケットから折りたたんだ紙片をとり出した。「妹の書き置きだ」

明らかに手をふるわせてその紙片を受けとると、リリーはぎこちないしぐさで広げ、しばらく呆然《ぼうぜん》と見つめていた。だが、やがて顔をしかめて紙片をドミトリに返した。「私、イタリア語は読めないの」

それでも、文中にフェリックスという文字が何度も出てきたのはわかった。

うしろに下がったリリーは、崩れるように肘掛け椅子に座り込んだ。フェリックスとローマで過ごすクリスマスを楽しみにしていたのに、ドミトリの言っていることが冗談ではないとわかってくると、不安と心配で胸がいっぱいになった。

だから伯爵はイギリスの空港からローマの自分の屋敷まで、私をずっと見失わないように連れてこさせたのだ。私がフェリックスの計画を知っていたかどうかを突きとめるために。それとも、なにかほかに理由があるのだろうか?

自分の計画をリリーに気づかれてしまったのを、ドミトリもすぐに察した。僕が彼女を屋敷に連れてこさせたのは、秘書の姉だから配慮したわけではなく、まったく違う理由からだった。しかし僕としては、こうするしかなかった。

今朝早く、けたたましいノックの音で起こされたときのことを思い出して、またしても暗澹《あんたん》たる気持ちになった。昨夜は二カ月前までつき合っていたルチアに呼び出されたあげく、非常に不愉快な思いをして深夜に帰ってきたせいで、ろくに眠ることもできなかった。困ったことに、ルチアはまた彼とよりを戻せると思っていたのだ。ドミトリはできるだけ傷つけないようにそんなことは無理だと説得したが、ルチアが食事の席で恥も外聞もなく迫ってくると、もうお手上げだった。

しかし、妹が夜のあいだに自分の個人秘書と駆け落ちしていたとわかると、ルチアのことなど頭から吹っ飛んだ。ドミトリはすぐにクラウディアをさがし出すための、慎重かつ徹底した捜索を開始した。そして数時間を費やして、クラウディアの友人という友人に片っぱしから電話をかけたが、なんの成果も得られなかった。そのとき、クラウディアの車がレオナルド・ダ・ヴィンチ空港の駐車場にあることがわかった。

レオナルド・ダ・ヴィンチ空港と聞いて、フェリックスが同じ空港に姉を迎えに行くために午後は半休をとっていたことを、ドミトリは思い出した。

さらにそのあと何本か電話をかけた彼は、フェリックスの姉が予約していた飛行機の便を突きとめた。そこで彼女がイギリスの空港に着いたら、この屋敷に到着するまで、完全に自分の管理下に置くよう手配したのだった。

その女性を見ながら、ドミトリは腹立たしそうに告げた。「君の弟は僕の妹とだいぶ前からこっそりつき合っていたようだが、とうとういっしょに逃げ出すことに決めたらしい」

リリーはまだ、ドミトリに言われたことをなんとか理解しようとしていた。フェリックスとクラウディア・スカルレッティが、まったく不釣り合いなのはよくわかっていたからだ。

たしかに、フェリックスはクラウディア・スカルレッティが興味をそそられても不思議ではないほどのハンサムだし、いっしょにいると楽しい男性だとも思う。しかしそのほかの点では、裕福な貴族階級の女性にふさわしいところなどまるでない。

これといった財産はないし、あるといえば、伯爵のもとで働いて得る給料だけだ。イギリスにいたときも、自分の家やアパートメントを買おうともせず、借家暮らしだった。乗っていたおんぼろ車はローマに来る前に売り払ってしまったので、ローマではどこに行くにもバスや地下鉄を使っていると言っていた。そしてただ一人の肉親である姉は高校教師をしているけれど、弟と同じく経済的な余裕は皆無と言ってもいい。

要するに、フェリックスはクラウディアの結婚相手としてどう考えても似つかわしくないのであり、クラウディアの兄も当然そう思っているのだ。

リリーが蒼白《そうはく》な額にしわを寄せた。「どうしてこっそりつき合っていたの？」

ドミトリがこわばらせていた顎の筋肉をまたしても引きつらせた。「なんだって？」

「どうして二人はこっそりつき合う必要があったのかしら？」

「たぶん妹は、自分の雇っているイギリス人秘書とつき合うことを、兄の僕が許すはずがないとわかっていたんだろう」

「それだけの理由で？」

「それだけじゃ充分じゃないのか」ドミトリは冷ややかに言った。

充分なのかもしれない。でも、そうじゃないかもしれない。「私にはわからないわ。そういうものなの？」リリーは挑むように言った。「フェリックスがあなたの妹さんの結婚相手として、第一候補になりそうにないのはわかるけど――」

「彼は候補者のリストにも入っていない」ドミトリがあからさまにばかにしたように言った。

「なにもそこまで言うことはないでしょう！」かっとして、リリーの頬が熱くなった。

「そうかな？」

「ええ、少なくとも弟は犯罪者でも薬物依存症でもないのよ！」

「そのわずかな幸運に、僕は感謝すべきだとでも言いたいのか？」ドミトリはそれきり口を閉じると、せかせかと部屋の中を行ったり来たりしだした。そんな彼を見て、まるで檻《おり》に入れられた大きな豹《ひょう》のようだわ、とリリーは思った。しかもいつなんどき、牙をむき出しにして飛びかかってくるともしれない豹だ。そして今、その犠牲者になる可能性があるのは私しかいない。

リリーは、フェリックスがディーについて話していたことを思い出そうとした。すてきな美人で、純真で……ということは、もしかしたら彼女はバージンかも……。ああ、たいへん。「クラウディアは何歳なの？」

ドミトリが歩きまわるのをやめ、椅子に座っているリリーを見おろした。「たまたま明日は、妹の二十一歳の誕生日だ」

「二十一歳ですって？」リリーはあきれて椅子から立ちあがった。「だったら、いいかげんにしてちょうだい！　私はあなたの口ぶりから、妹さんがまだ十六歳くらいだと思ったのよ。それなら、もう立派な大人じゃないの」

二十一歳のとき、リリーは自活しながら大学に行き、教職につくための勉強をしていた。

「当然、なんでも自分で考えられるはずだわ」この傲慢な兄と少しでも性格が似ていれば、そうできたとしても不思議はない。「それに相手がフェリックスであってもなくても、好きになっていい相手かどうか、ちゃんと判断できるでしょう」

ドミトリがさげすむようにリリーを見た。「妹は単にフェリックスがイギリス人だというだけで、のぼせあがったんだ。彼は金髪で青い目をしていて、それに――」

「双子だしね」

「なんだって？」ドミトリがリリーの顔をじっと見た。なにを言われたのか、わからなかった。

リリーは力なくほほえんだ。「フェリックスと私は双子なの。生まれたのが五分違うだけ」

しばらく閉じていたまぶたを開け、ドミトリは言った。「ということは……」

「ええ、私が先に生まれたの」

二人が一卵性双生児でないのは明らかだ。といっても、肌の色や顔立ちはたしかによく似ている。そして認めざるをえないことだが、リリー・バートンはハンサムな弟にまったくひけをとらない美女である。

リリーの繊細な美しさから目をそらして、ドミトリは窓の外を眺めた。だが、いつも心をなごませてくれるローマの美しい空に目をやっても、クラウディアが無事に帰ってくるまで心の平和は訪れそうになかった。

ドミトリの母は、彼が十五歳のとき、クラウディアの出産がもとで亡くなった。それでも、ドミトリは年の離れた妹をいつもかわいがってきた。それから六年後に今度は父親が心臓麻痺《まひ》で亡くなると、妹の後見人を引き受け、あれやこれやと気苦労の絶えない日々を送った。妹の幸せをつねに優先してきたせいで、クラウディアが結婚するまでは自分の結婚のことは考えないようにしていたくらいだ。

かえって、それがよくなかったのかもしれない。もしドミトリが結婚していて妻がいれば、クラウディアをここまで甘やかすこともなかっただろうから。だが今さらそんなことを考えても、どうにもならない……。

「でもね、スカルレッティ伯爵……あの、ドミトリ？」

リリーのやわらかな響きの声が聞こえてきて、ドミトリは肩をこわばらせた。ゆっくりふり向き、沈んだ心でリリーと目を合わせる。

リリーは大きく深呼吸をしてから言った。「もしあなたの言うように、フェリックスがクラウディアと駆け落ちしたのだとしても、弟の気持ちは純粋なものだと思うわ」

というのは、いくらなんでもこれほど無分別なまねを、フェリックスがしたことはかつてなかったからだ。たしかに十八歳のときはバイクをなにかにぶつけて壊したたし、大学に入ったときも一年もしないうちに中退し、バックパックを背負って世界一周の旅に出かけてしまった。その三カ月後にはオーストラリアから帰りの旅費を送ってほしいとリリーに電話をかけてきたが、冬になるとフランスでスキーのインストラクターとして働き、貯《た》めたお金で借金を返してくれた。

たしかにフェリックスはなにをするかわからないところがあるけれど、決して〝ひも〟になりさがるような男性ではない。

そんな弟がやっと放浪癖を卒業して、三年前にビジネス講座を受けだしたとき、リリーはほっと胸をなでおろした。まずどこかの企業で個人秘書となり、それから管理職を目指すためだったが、そのうちフェリックスはスカルレッティ伯爵の個人秘書に採用され、ローマで働くことになったのだった。

この双子の弟に関して、リリーはいつも責任を負ってきた。フェリックスがなにをしでかしても、必ず後始末をしてきた。けれどドミトリの怒りの形相を見ていると、今度は後始末のつけようがあるのだろうかと不安になってしまう。

ドミトリがぞっとするほど厳しい顔をして言った。

「君の弟の目的がなんであろうと、そんなことは関係ない。クラウディアは結婚する相手が決まっているのだから」

「なんですって？」リリーの胃のあたりが急に重たくなった。

ドミトリがうなずく。「明日、ベネチアの別荘で開くはずだったクラウディアの誕生日パーティで、フランチェスコ・ジョルダーノとの正式な婚約発表をすることになっていたんだ」

ところが、その直前にクラウディアはほかの男と駆け落ちしたのだ。「だから彼女は今日、フェリックスと逃げ出したのね」

「たぶん」

「ということは、クラウディアはそのフランチェスコとかいう人を愛していないのね」

淡いグリーンの目を細くして、ドミトリがリリーをにらんだ。「この縁組は、クラウディアが十六歳のときから決まっていたんだぞ」

リリーは肩をすくめた。「でも、フェリックスと出会って気が変わったんだわ。まだ正式に婚約発表をしたわけじゃないんだから、実害はないでしょう」

「ジョルダーノ家とスカルレッティ家は、ベネチアの高台で広大な葡萄園《ぶどうえん》を隣り合わせに持っているんだ」ドミトリは歯ぎしりをした。

片方の眉を上げ、ドミトリを冷ややかに見てから、リリーは痛烈な皮肉を投げつけた。「両家の繁栄のために結婚するなんて、すごくロマンティックなのね。どうしてクラウディアはそのご近所さんと結婚しないで、ただ自分を愛してくれるだけのイギリス人と駆け落ちなんかしたのかしら」

ドミトリはむっとした。「君にはこういうことはわからないんだ」

「わかりすぎるほどわかるわよ！」リリーが気を悪

くしてむかついているのは明らかだった。青い目はぎらついているし、頰はほてっているし、唇はせせら笑うようにゆがんでいる。

「当然だが、フランチェスコは葡萄園のためだけにクラウディアと結婚するわけではない」ドミトリはまた腹が立ってきた。どうして僕が二人の縁組の言い訳をしなければならないんだ？

「そんな縁談に、当然な理由なんて一つもないわ」リリーは言い返した。「だいたい、たった一人の妹を父親ほど年上の男に嫁がせようとするなんて、不謹慎だもの」

「フランチェスコはフランコ・ジョルダーノの息子で、二十五歳だ。クラウディアとは幼なじみなんだ！」ドミトリの忍耐もそろそろ限界だった。

「フランチェスコに女のきょうだいはいないの？」リリーはすました顔で言った。「あなたが結婚して、妹の縁組の埋め合わせができるような人は」

とんでもないいやみを言われて、ドミトリは鼻の穴をふくらませた。三十六歳の今日まで、だれからもこんな口をきかれたことはなかった。「フランチェスコは一人っ子だ」

「まあ、残念ね」

「クラウディアが縁談に不満をもらしたことは、一度もなかったのに」

「でも、婚約発表の前日にほかの男の人と駆け落ちするってことは、不満があった証拠じゃないの？」リリーはわざとらしく片方の眉を上げた。

ドミトリは両手を背中にまわして握り締めた。そうしないと、目の前の言いたい放題の女性の首を絞めてしまいそうだった。

「ちょっとした好奇心から尋ねるんだけど、フランチェスコの親にはクラウディアが……その……急にいなくなったことを、どう説明したの？」

たとえ首を絞めることはできないにしても、ドミトリはリリーの小さな体をつかんで揺さぶってやりたい気分だった。「そんなことを君に説明する必要はないが、明日のパーティと婚約発表はキャンセルしたよ。クラウディアがおたふく風邪にかかったと言ってね」

「まあ、なんて頭がいいの」リリーは感心したようにドミトリを見た。「おたふく風邪は感染しやすいからフランチェスコはお見舞いに来ないでしょうし、クラウディアの喉が腫れているなら、しばらくは電話でもしゃべれないものね。でも、そんな言い訳は長くはもたないわ」

「それまでには、必ず妹を家に連れ戻す」

リリーがもう一度片方の眉を上げ、からかうように言った。「こういうことわざを聞いたことがある？　馬を川に連れていけたとしても、水を飲ませることはできないって。つまり、私が言いたいのは——」

「そんなことは言われなくてもわかっている、ミス・バートン——」

「まあ、お願いだからリリーと呼んで。だって私たち、もう少ししたら親戚になるかもしれないんだから」

ついに怒り心頭に発したらしいドミトリを見て、頭から湯気が立つのが見えそうだとリリーは思った。しかし冷酷で自制心の強い伯爵は、たいていの人間なら怒鳴りちらしてもおかしくないところをぐっと我慢した。

だから、危険を覚悟で徹底的に挑発してやりたくなるのだ。尊大なほどの優越感と、自分がいつでも正しいという自信をここまで見せつけられると、どうしてもいやみを言わずにはいられない。

ドミトリが腹立たしそうに輪郭のくっきりした唇を引き結んだ。「クラウディアも帰ってきて僕と話をすれば、自分のしたことの間違いに気づくはずだ」

「そうね、目に見えるようだわ。専制君主のような怖いお兄さんが、年の離れた心やさしい妹を脅している光景が」

ドミトリが眉をつりあげる。「専制君主のようだと言われて、喜ぶわけにはいかないね」

「そんなことを言われても、もう遅いわ」リリーはドミトリに脅されても、もはや怖くもなんともなかった。

彼は苦い顔で言った。「たしか君は、クラウディアはもう大人だから、自分のことは自分で決められると言ったんじゃなかったかな？」

「でもだからといって、やさしくて純粋であっていけなくはないわ」

「どうしてそんなことがわかる？　君は妹に会ったことがないんだろう」

「フェリックスは、ディーはとても心やさしくて純粋な女性だって言っていたもの」

「たしかに純粋ではある」ドミトリもしぶしぶ認めた。「だが、心やさしいというのは言いすぎだ」

「違うの？」

ドミトリは苦笑した。「心やさしいさ。物事が自分の思いどおりに行っているかぎりはね」

「まあ」温厚な性格で、いつでも人生を楽しもうとするフェリックスは、クラウディアにそんな一面があることに気づいているのだろうか？

「それからもう一つ言っておくが、クラウディアが二十五歳になるまでは、僕の権限だけで勘当することができるんだ」

リリーはドミトリの顔をじっと見た。淡いグリーンの冷たい目と、妥協を知らない厳しい表情を見れば、彼がそのとおりにするつもりでいるのは間違いなかった。この尊大な男性が言ったことを実行しなかったことなど、一度でもあるとは考えられなかった。

ドミトリがさもばかにしたような目をリリーに向けた。「君の弟は、クラウディアにこれまでどおりの贅《ぜい》沢《たく》でわがまま三昧の生活をさせてやれるのか？」

リリーは顔が赤くなるのが自分でもわかった。

「そんなことができるわけないってことは、あなたにだってわかっているでしょう」

「ああ、わかっている」失礼を詫《わ》びようともせず、ドミトリはさらに続けた。「それがクラウディアにもわかった時点で、君の弟に幻滅するだろうよ」

兄が言うように甘やかされて育ったのなら、クラウディア・スカルレッティがそうなることは充分ありうる。もし二人がすでに結婚していたら、きっと悲惨な結果になるに違いない。

「それに君の弟にしても、クラウディアに相続権がなくなったと知ったら、すぐ熱が冷めるに決まっている」ドミトリが静かに言った。

「もういいわ。あなたの侮辱の言葉は聞きあきた」リリーは床に置いていたショルダーバッグを手にとった。「悪いけれど、私はそろそろタクシーをつかまえて、今夜泊まるホテルをさがすことにするわね」

「だめだ」

動きをとめたリリーが、ドミトリを不審そうに見る。「だめだって、どういうこと？」

ドミトリは広い肩をすくめた。「若い女性が初めてローマに来て、一人でいるのはよくない。フェリックスがいないのだから、君の身が安全であるようにこの屋敷に泊めるのは、雇い主である僕の当然の義務だと思う」

リリーは急に落ち着かなくなり、胸がどきどきしてきた。「大丈夫よ。私は二十六歳だもの。自分の面倒は自分で見られるわ」

ドミトリが鼻で笑った。「そうは思えないね。さっきは空港でろくに知りもしない男の車に、どこに連れていくかも尋ねずに乗ったんじゃなかったかな？」

屋敷に連れてこられたとき、リリーもまったく同じことを考えて後悔したから、ドミトリの言うとおりだと心の中では納得していた。でも、言葉の上では認めるわけにいかなかった。

「ここに来るまで、マルコの態度はとても紳士的だったのよ。実際、私がイタリアに着いてから身を守る必要を感じたのは、あなたの相手をしているときだけだったわ」

「なんて失敬な」

「言いたいことはまだあるんだから！」リリーはとうとう食ってかかった。「あなたは私を守ってくれるふりをしてここに連れてこさせ、弟をさんざん非難したうえに、そのついでに私を侮辱したのよ。それなのに私の身の安全だとか、屋敷に泊めてくれるだとか言われて、ありがたがるとでも思っているの！」リリーはとんでもないというように首を大きく左右にふった。「これまで私がとった行動は世間知らずだったかもしれないけれど、そこまでお人好《ひとよ》しだとは思わないでもらいたいわ！」

この気の短い女性に関するかぎり、ドミトリがそんな思い違いをするはずはなかった。深みのある青い目には知性があふれているし、言っていることはすべて当を得ているから、リリーの言葉を軽んじるなどとてもできない。

「ここに泊まるように言ったのは、君の意向を尋ねたわけじゃない。命令したんだ」

「なんですって？」リリーは唖然《あぜん》とした。

「クラウディアは書き置きといっしょに携帯電話も置いていった。もちろん僕が電話をかけて、帰ってこいと言えないようにだ」ドミトリは苦い顔で続けた。「さらに、空港に乗り捨ててあった妹の車の助手席側のドアポケットから、これが見つかった」ドミトリは上着のポケットから携帯電話をもう一台取り出した。

黒に銀色を配した携帯電話を見ると、リリーは目をまるくした。「フェリックスのだわ……」

ドミトリの視線が鋭くなった。「たしかなんだね？」

リリーは呆然としてうなずいた。「私が買ってあげたものなの。三カ月前、餞別《せんべつ》代わりに」実際にはむしろ、イタリアにいても弟が連絡を欠かさないようにと思ってのことだった。「それを私に返してくれれば――」

「だめだ」ドミトリはフェリックスの携帯電話をふたたびポケットにしまった。

リリーはまた胸がどきどきしてきた。鼓動は前より激しく、顔が真っ青になる。「いったいどういうつもりなの？」

「わかりきったことだ」ドミトリは厳しい声で告げた。「今のところ、クラウディアかフェリックスが僕たちのどちらかに連絡してくるとしたら、固定電話か君の携帯電話しかありえない」

「でも、フェリックスはまずイギリスにある私のアパートメントにかけるでしょうね。何度電話をしても留守番電話になっているとわかったら、私がローマに来ていると考えるはずだわ」

「それに賢いフェリックスのことだ、君の携帯に最初にメッセージを残したときは、もう手遅れだったんだとも気づくだろうな」そこまではリリーも同じことを考えていた。「そしてクラウディアの書き置きからして、妹が僕にすぐ連絡してくるとは思えないから、今はフェリックスが君の携帯に電話してくるのを待つしかない」ドミトリは肩をすくめた。「ここから出ていくとしても、その前に君の携帯電話を僕にわたしてくれはしないだろうね」

「当たり前でしょう！」リリーは気色ばんだ。

「そう言うと思ったよ」ドミトリは顔色一つ変えずに続けた。「だったら僕の妹は今、君の弟に〝純粋な気持ち〟でとらえられているわけだから、僕は彼の姉にその礼をすべきだと思うがね」

リリーはドミトリをまじまじと見た。聞かされた内容の正確な意味がよくわからなかった。いいえ、そんなものなど知りたくもない。「なにが言いたいのか、はっきり言ってもらえる？」彼女は不安そうに尋ねた。

ドミトリが歯並びのいい白い歯を見せて、おかしくもなさそうにほほえんだ。「君の弟が僕の妹を返してくれるまで、君には客人としてここにいてもらうことにする」

それはまさに、リリーが予想していたとおりの答えだった。

4

「そんなの、まったく正気じゃないわ！」

そうかもしれない。ドミトリは重い心で認めた。だが今は、リリーと彼女の携帯電話だけが頼みの綱なのだ。フェリックスは少なくとも、姉には数日以内に連絡するつもりでいるに違いない。それなら、ドミトリはリリーと彼女の携帯電話を目の届く範囲内に置いておくしかなかった。

もちろん、いやがっているリリーをここに泊めるのは、褒められた行為ではない。しかし、ドミトリはどんな手段を使ってでも妹を見つけ出すつもりだった。それも、できることならこれ以上事態が悪化しないうちに。つまり、クラウディアがフェリックスと結婚し、リリーがいやみで言ったように、彼女とドミトリが親戚になってしまわないうちにという意味だ。

クラウディアをできるだけ早くさがし出し、駆け落ちの事実が世間に知られないようにすれば、スキャンダルは避けられる。だが結婚したとなると、いろいろと厄介な問題が生じてしまう。

「僕は正気をなくしたわけじゃない」ドミトリは言った。「ただ必死なだけだ」

あきれた顔でドミトリを見ながらも、リリーはこの屋敷から出ていくなと言われたことにまだ驚いていた。まさに傲慢の化身みたいな男性だわ。

ドミトリは本当に妹の将来を心配しているのかしら？ それとも家のために、ジョルダーノ家と絆《きずな》を築こうとして一生懸命なだけなの？ つまり彼があせっている本当の理由は、時間がたたなければわからない。

「おそらく、あなたという人はイタリアでは大物だと思われているんでしょうけど、だからといって違法行為をして許されるものじゃないのよ」

ドミトリが片方の眉を上げる。「おそらく、だって？」

リリーはショルダーバッグのストラップを握り締めた。「わかったわ。イタリアでもどこでも、あなたは間違いなく大物だわ。でもあなたほどの人であっても、イギリス人の旅行者を誘拐したら、警察が黙ってはいないんじゃないかしら」

そう言われても、ドミトリに動じるようすはなかった。淡いグリーンの目は笑っているようにすら見えた。「君は誘拐されたわけじゃないだろう、リリー。僕としては、あまり気がすすまないながらも泊まってくれる客とでも思いたいんだが」

「好きなように思えばいいわ」リリーはかっとなって反撃した。「でもね、ここに泊まるように強制されたら、完全に私の意志を無視していることになるでしょう。ここを出たら、最初に見つけた警察官にそう訴えてやるわ」

淡いグリーンの目から笑いが消えた。「そんなことはしないほうがいいだろうね」

リリーが目を細くしてにらんだ。「それって脅しているの？」

「とんでもない」ドミトリはさらりと言った。「僕はただ、このデリケートな状況に不必要な注目を集めないほうがいい、と言っているだけだ。そんなことをしたら、僕は君の弟がクラウディアに同じことをしている、と訴えるしかない。そうなったら、裁判官はどっちの言い分を信じるだろうか」

彼女が急におとなしくなり、小さな声で言った。「クラウディアはきっと、あなたの訴えを否定するわ」

「たぶんね」ドミトリは自分にそむいた妹に対する腹立ちを隠そうともせずに言った。「だが、そう言いきれるかどうか」

クラウディアについてはフェリックスが話してくれた事柄しか、リリーは知らなかった。そしてその情報にはいろいろ肝心な点が抜けていたのだから、確信を持って言えることはなにもなかった。ましてや選択を迫られたとき、クラウディアが兄のドミトリを選ぶのか、フェリックスを選ぶのかなど知りようがない。

リリーの表情豊かな顔を見たドミトリは、彼女が不安に襲われているのがよくわかった。そういう気持ちにさせているのは自分なのだと思うと、気がとがめる。だが、クラウディアができれば未婚のまま戻ってくるまでは、そんな軟弱な感情に負けてはいられなかった。

「さあ、元気を出すんだ、リリー」ドミトリは声をやわらげた。「君を傷つけるつもりなど、僕にはまったくないんだから。それに、フェリックスのアパートメントよりもこの屋敷のほうがずっと快適に過ごせるはずだ」

リリーが青い目できっとにらんだ。「壁に金箔《きんぱく》が張ってあっても、檻《おり》は檻だわ！」

ドミトリはため息をついた。「どうして君はいつまでも僕に喧嘩《けんか》腰でかかってくるんだ？」

彼女は肩をすくめた。「たぶん、あなたの信じられないほど傲慢な態度が気にくわないせいじゃないかしら」

その正直な言葉に、ドミトリはたじろいだ。そう言われても、弁解のしようがなかった。たしかに僕は傲慢だった。

伯爵の称号を父から受け継いだのは、ドミトリがまだ二十一歳のときだった。同時にスカルレッティ家が所有する企業グループや所有地を譲り受け、さらにそういったものを維持していくための使用人たちへの責任も背負ったうえに、年の離れた妹の親代わりまで果たさなければならなくなった。

もちろん、父はそうした息子の将来を見据えた教育をしてくれたのだが、その日がそんなに早くやってくるとは、父も息子も思っていなかった。二十一歳という若さでスカルレッティ家とその一族が所有する企業の頂点に立ったドミトリは、ライバル企業から攻撃の格好の標的とされ、親類縁者からもあれこれと批判を浴びた。当時のドミトリにとって傲慢な態度をとることは、自分の身を守る唯一の方法だった。不利な状況に置かれたときに、父が用いていた常套《じょうとう》手段でもあった。

その結果、自分の気持ちや行動をだれにも説明しない態度が身につき、弁明したり謝罪したりすることはいっさいなくなった。そんなまねをしたら、自分の弱みを敵にさらすだけだからだ。それなら、リリーが彼に腹を立てていてもしかたがなかった。

ドミトリはすっと背筋を伸ばした。「どうだろう、君が泊まる部屋を見てみないか？」

〝あなたこそ、自分の部屋に行ってなにかすることはないの！〟リリーはそう叫んでやりたかったが、結局なにを言っても、伯爵が自分の意志を曲げることはない気がする。

それでも、リリーは顎を突き出して言った。「その部屋で一人になったら、すぐに窓を開けて、〝人殺し！〟と叫んでやるわ」

「そうするのもいいだろう」ドミトリの反応は落ち着いたものだった。「だが、冬のあいだはセントラルヒーティングの効率をよくするために、窓はすべて開けられないようになっている。窓ガラスも騒音防止用の厚いものを使ってあるんだ」

まあ、だからローマの街の喧噪《けんそう》がまったく伝わってこないのね。「そしてたぶん、あの大きな門についている扉しか出入り口はなくて、暗証番号を知らなければ開けられないのね？」リリーはいやみたっぷりに言ったが、ドミトリがなにも言わずに淡いグリーンの目で見つめているだけなので、自分の言葉に自信が持てなくなった。「そうじゃないっていうの？」

ドミトリが肩をすくめた。「屋敷が建てられたのは十六世紀だ。当時のこうした建物は外からの侵入を防ぐために、要塞を意識して建てられていたんだ。だが、ここから勝手に出ていこうとする場合も、同じ効果があると思うよ」

まあ……。「でも、この家には使用人たちがいるでしょう。その人たちに監禁されていると訴えたら、どうやって言い訳をするつもり？」

ドミトリが片方の眉を上げた。「もう言ったと思うが、僕もクラウディアもベネチアの別荘に今日発《た》つ予定になっていた」

「ええ、それで？」

ドミトリは広い肩をすくめた。「毎年クリスマスの時期はローマを離れるのがスカルレッティ家の習慣だから、使用人たちも家族とクリスマスを過ごせるように休暇をとらせている。だから、もうだれも残っていない」

だから屋敷の中に入ったとき、妙に静かだったのだ。「あの運転手は?」

「マルコも、君を無事にここに連れてきたあとで家族のもとに向かったよ」

「ということは、今、ここにいるのはあなたと私だけなの?」

ドミトリが笑いをこらえてリリーを見た。「そうだとしたら、なにか困ることがあるのか?」

もちろん困るわ。ここに泊まるだけでもいやなのに、危険な男性と二人きりだなんて。

それまではどきどきしていただけの胸が、今度はテンポの速いタップダンスを踊りはじめたように暴れだした。「とにかく、私はここに泊まるわけにいかないわ」

「どうして?」

まさか、こんなに心臓が激しく打っているからなんて言えないし……。

まあ、この人って、一分前もこんなに近くにいたかしら? リリーは落ち着きを失ったまま、気がつけばすぐ目の前にいるドミトリの目を見あげていた。黒い瞳孔から淡いグリーンの虹彩《こうさい》が放射線状に広がっていて、黒いまつげは信じられないほど長い。こんなにそばにいるせいで、朝に剃《そ》ったひげが少し伸びてきて角張った顎がうっすらと黒くなっているのも、ぴりっとしたオーデコロンの香りが漂ってくるのもわかる。たいへんな状況にありながらも、ドミトリの自然な男らしい魅力に影響されて、リリーの体は熱くなった。

ドミトリの強烈な視線に射すくめられたように目

をそらすこともできず、急に乾いてきた唇を湿して、か細い声で答える。

「だって、ここに二人だけでいたら、誤解されるかもしれないでしょう」

「だれから誤解されるというんだ？」ドミトリがゆっくりと手を上げて、リリーの頬にふれた。

「わからないふりをするのはやめて、伯爵！」リリーはぴしゃりと言い返したものの、ドミトリの手を感じているせいで、動くこともできなかった。

「僕のことはドミトリと呼んでくれ、と言ったはずだよ。そうしてもらえるとうれしい」

「私、あなたを喜ばせることにはまったく興味がないの」リリーはいやみで返した。「もっとも、あなたが私と二人きりでここにいると知ったら、腹を立てる女性がどこかにはいるんでしょうけど」

「どこに？」

「私の言いたいことはわかっているくせに！」

「ああ、わかっているよ」ドミトリがゆっくりとほほえんだ。「だが今のところ、そんな女性は一人もいない」彼はほつれたリリーのプラチナブロンドを手ですくい、指の上をすべらせた。「だがたぶんイギリスには、君が僕と二人きりになるのを許さない男がいるんだろうね？」

リリーはふとダニーのことを思い出したけれど、すぐ心の中で打ち消した。今ごろになって旅先に電話をかけてきてくれても、もう遅いわ。ダニーとは完全に終わったのだから。「あなたと二人だけになるのを許せないのは、私自身なの！」

「この色は生まれつきなのか？」ドミトリがふたたびリリーのこめかみのあたりの髪をすくい、指のあいだに通しながら尋ねた。

そっとふれられただけなのに、リリーは息をのんだ。「なにが言いたいの？」

「こういう色の髪を見たのは初めてだよ。月明かりの中で太陽の光を見ているみたいだ」

「なかなかロマンティックなたとえね」リリーはそっけなく言ったものの、内心穏やかでなかった。

「生まれたときからこの色よ」

「とてもきれいだ」ドミトリがつぶやいた。

髪にふれられているだけなのに、リリーの体はほてってきた。目の前にいるドミトリの男らしい体を意識しすぎて、胸の先端が硬くなり、ブラジャーのやわらかい生地を押しあげるのがわかる。

「やめてちょうだい」リリーは体を引いた。「私はクラウディアが帰ってくるまで、あなたの退屈しのぎのための慰みものになるつもりはないのよ！」指の関節が白くなるほど、強くショルダーバッグのストラップを握り締める。

動じるふうもなく、ドミトリはリリーの髪に伸ばしていた手を下ろしてつぶやいた。「それは残念だ」

リリーは、顔が真っ赤になっているのが自分でもわかった。「さっさと私が使う部屋を見せてくれたらどうなの？」

ドミトリは感心したようにリリーを見た。身長はたぶん百五十五センチくらいで、体重は僕の半分ほどしかないのに、彼女は恐れを知らず、ことあるごとに昂然《こうぜん》と立ち向かってくる。口ではいろいろ言っていても、本当は僕のことなどまったく怖いと思っていないのだ。

しかし、これまで何人もの女性とつき合ってきたドミトリが、リリーの体の反応に気づかないはずはなかった。呼吸が荒くなっているのも、顔をほてらせているのも、薄手のセーターの下で胸の先が硬くなっているのもわかっている。僕を男として意識している証拠だ。

驚いたことに、ドミトリもリリーを女性として意識していた。

いつもは、背が高くて黒髪でグラマーな女性が好みだった。リリーはそのいずれにも当てはまらない。小柄で、髪はプラチナブロンド、ほっそりした体は胸のふくらみに目をやらなければ、少年のようにすら見える。

それでも、ドミトリがふれた髪はぬくもりのあるベルベットのようになめらかで、使っているシャンプーのせいか、アップルとシナモンの香りがした。湖のように深いブルーの目は、見つめていると吸い込まれてしまいそうになる。そして唇は……こんなにセクシーな唇を見たのは初めてだ。上向きにきれいな弧を描き、上唇が下唇よりわずかにふっくらして、まるでキスをするためにあるかのようではないか。もし、あの唇が僕の体にふれたとしたら……。

いったいなにを考えているんだ、僕は。

そんなことを想像すること自体が、慰みものが必要そうな男に見えてしまうのであって、リリーに非難されてもしかたがない。

だが、こういう状況でなければ、僕は彼女の唇を奪い、体を求めていただろう。

髪をかきあげて、ドミトリは欲求不満のため息をもらした。「さあ、ついておいで」

ドミトリが部屋から出ていくと、リリーはやっとまともに動くようになったスーツケースを引っぱって、彼のあとについていった。ドミトリがそれまでなにを考えていたかは知らないけれど、その内容が楽しいことでないのは、ぎらついていた目とこわばらせた顎からも明らかだった。

でも、彼にちょっとふれられただけで、私が考えてしまった内容も褒められたことじゃないわ。

それにしても、私はいったいどうしてしまったのだろう？　たしかに、ドミトリは罪深いほどハンサムで魅力的な男性だ。でも、私がここにいる理由を考えると、彼に欲望を覚えるなんてことはあってはならない。

けれどそんな思いも、ドミトリが二階の部屋の前で立ちどまり、ドアを開けてリリーを先に通すと、頭から吹き飛んでしまった。彼女は広々とした上品な部屋の真ん中で、呆然《ぼうぜん》と立ちつくした。この部屋を私一人が使ってもいいの？

ドミトリはリリーのスーツケースを奥の寝室に運んでいき、四隅に柱のついた大きなベッドの足元に置いた。ベッドは六人で横になったとしても、快適に眠れそうなほどの広さがあった。

リリーが女性好みの上品な寝室に見とれているあいだに、ドミトリがさらに奥のドアを開けて明かりをつけた。そこはリリーが見たこともないほど贅沢《ぜいたく》なバスルームだった。

バスルームの床と壁は目にやさしい赤褐色をした大理石で、片隅には曇りガラスで仕切られたシャワールームがあり、大きなバスタブの周囲には鉢植えの大きな植物がいくつも置いてあった。

まさに金箔張りの檻だわ。

重い心でバスルームに背を向け、ドミトリの横をすり抜けて寝室に戻ると、リリーはベッドの端に腰を下ろした。ショルダーバッグを横に放り出したとき、中身がベッドカバーの上にこぼれ出て散らばったが、気にもしなかった。

フェリックスに会えるのをあんなに楽しみにしていたのに。フェリックスと、それから恋人のディーといっしょにクリスマスを過ごして、美しいローマの街を探索するつもりでいたはずが、いるのはドミトリだけで二人ともいないなんて。

駆け落ち騒ぎを引き起こしたからといって、リリーは弟を責める気にはなれなかった。私に言わせれば、なにもかもドミトリ・スカルレッティがいけないのだ。ドミトリに会ってまだ一時間くらいしかたっていないし、彼のことをよく知っているわけではない。だけど彼が私に対するときと同じように、妹にもつねに威圧的な態度をとっていたとすれば、明日フランチェスコ・ジョルダーノと正式な婚約などしたくないと言えるはずがない。ましてや、ほかの男性を愛してしまったなんて口が裂けても言えないだろう。ドミトリがこういう人だから、結局、クラウディアとフェリックスは駆け落ちをするしかなかったのだ。

今や、リリーは逃げ出した恋人たちにすっかり同情していた。

それでも、あまりに落胆が激しくて、泣きだしてしまいそうだった。ローマの街を思いきり楽しむつもりだったのに、ここまで来る車の窓から景色を眺めただけだった……。

「リリー？」

涙がにじんできた目でまだ部屋にいたドミトリを見ると、リリーは疲れたように言った。「お願いだから、もう私を一人にしてくれる？　お風呂に入ってから、少し眠りたいの」できるものなら、この悪夢が終わるまで目を覚ましたくない気分だ。

「君は――」

「お願いだから、さっさと部屋を出ていってちょうだい！」リリーはベッドから立ちあがり、ドミトリをにらみつけた。

リリーが癇癪《かんしゃく》を起こしているのは気にしないことにして、ドミトリは彼女の目をのぞき込んだ。蒼《そう》白《はく》な顔の中で目だけが異常にきらめいているのは、怒りからだろうか？　それとも涙のせいだろうか？

たぶん、涙のせいだろう。ローマに来て弟と会えなかったことが、ショックだったのだ。さらに不本意ながらここに泊まるはめになったのだから、当然と言えば当然だ。

「わかった」ドミトリはうなずき、立ち去りかけてからふたたび口を開いた。「八時に夕食にしようと思うが、それでいいかな？」

皮肉を言うだけの気力をとり戻して、リリーがドミトリを見た。「使用人はみんなクリスマス休暇をとっているという話だったけど、まさか私が食事の準備をするなんてことは、期待していないでしょうね？」

「君にそんなことをさせようとは思っていないよ」ドミトリは、やれやれといった感じでほほえんだ。「君がここにいるあいだ、二人分の食事をつくるぐらいは僕にもできる」

「本当に？」

「本当だよ。オックスフォード大学に行っていた三年間は、自炊していたからね」

リリーが目をまるくした。「あなたはイギリスの大学に行ったの？」

ドミトリはおかしそうに片方の眉を上げた。「驚いたようだね」

もちろん、驚いたわ。ドミトリの考え方がとんでもなく時代遅れなのは、生まれてこのかたイタリアから出たことがないせいだろうと思っていた。イギリスに三年も住んだのなら、世の中には違う生き方があることに気づいてもよさそうなものだ。

たとえばイギリスでは普通、両家の葡萄園のために結婚するなんてありえないし、なにも疑っていない女性を誘拐して、こんな宮殿のような屋敷に監禁するなんてことも起こらない。

でも、イギリスの大学に三年いたから、あんなに流暢《りゅうちょう》な英語をしゃべれるのだわ。もっとも、ドミトリの言うことは私の気に入らないことばかりだけど。

リリーはもう一度、ドミトリを冷たい目で見た。「私はあなたが部屋を出ていくのをまだ待っているのよ、伯爵！」

彼女は湯を使って少し眠りたいと言っていた、とドミトリは思い出した。そのとたん、いい香りのする湯の中でのんびりしているリリーの姿が脳裏をよぎる。シルバーブロンドの髪を頭の上でまとめ、細く長い喉とシルクのようになめらかな肩は湯から出ているので、泡の合間からは張りのある胸のふくらみがのぞいていて……。

「もう、お願いだから！」今すぐドミトリが出ていってくれなければ、目にたまっている涙がこぼれ落ちてしまいそうだった。けれどそんな恥ずかしい姿を見せて、彼を喜ばせるつもりはない。「部屋を出たら、ドアを閉めておいてちょうだいね！」

そう言い捨ててリリーはバスルームに入っていき、音をたててドアを閉めたあと、鍵をかけた。

そして閉じたドアに背中をあずけたとたん、熱い涙で頰を濡《ぬ》らした。

5

「もう私の携帯電話を返してもらってもいいかしら？」

フライパンを火にかけていたドミトリが驚いてふり向くと、リリーがキッチンの入り口に立っていた。旅の疲れはすっかりとれたようで、青い目は明るく澄み、とがらせた唇には薄い色のリップグロスをつけ、きれいなプラチナブロンドの髪は肩と背中に下ろしてある。服も薄手の黒いセーターと黒いスラックスに着替えたらしい。スラックスはまるでオーダーメイドのように、彼女のヒップにぴったりと張りついていた。

ドミトリが目を細くして見つめていると、リリーはかすかに頰を赤らめた。「さっき部屋から出ていくとき、私の携帯電話を持っていったでしょう。返してちょうだい」

悪びれもせずにほほえみ、ドミトリはシャツの胸ポケットから、黒にクロム色を配した携帯電話をとり出してリリーにわたした。「心配しなくていいよ。電話もメールも来なかったから」

「べつに心配はしていなかったわ」リリーは携帯電話をショルダーバッグにしまった。

「本当に?」

「本当よ!」もちろんフェリックスのことは気がかりだったし、早く電話かあるいは本人に直接会って、話を聞きたかった。けれどフェリックスから電話がかかってきたとしても、ドミトリが隠すとは思えなかった。

リリーはドミトリが部屋を出ていったあと、アロマオイルをたらした湯につかり、一時間ほどしてやっと気持ちが安らぐと、バスタオルを体に巻いて寝室に戻った。そのとき、ショルダーバッグからベッドの上に散らばっていたものの中に携帯電話がないことに気づいたのだ。ベッドカバーのしわのあいだもベッドの下もさがしたが見つからなかったということは、ドミトリが部屋を出るときに持っていったと考えるしかなかった。

ドミトリがあやまりもせず、平気な顔で携帯電話を返してくれても、リリーの腹立ちがおさまることはなかった。でも、そのほうがいいのかもしれない。いっしょにいると心が乱れてしまうドミトリ・スカルレッティと、またしても同じ部屋にいるのだから……。

料理の香ばしい匂いに誘われてここまで来たのだが、来てみると、キッチンは想像していた場所とはまったく違っていた。屋敷のほかの部屋のような豪華さはなく、むしろ家庭的だったからだ。天井の大きな梁《はり》には鍋やフライパンがかけてあり、そのあいだにいろいろな種類の乾燥ハーブがぶらさがっている。歴史を感じさせる食器用の戸棚は温かい色に磨き込まれ、あちこちに古い傷がついていた。敷石を並べた床の中央に置いてある大きなテーブルと椅子も、同じくらいしっかり使い込まれているようだ。

そのキッチンで旧式のガスレンジの前に立っているドミトリは、くつろいだようすでおいしそうな匂いのするものをかきまぜていた。すぐ横のカウンターにはコルクを抜いた赤ワインのボトルと、飲みかけのワイングラスが置いてあった。

先ほどの格好から、ドミトリもゆったりした白いカジュアルなシャツと色あせたジーンズに着替えていた。シャツのボタンはいくつか開けてあり、袖を肘の下までまくりあげていて、引き締まった腿を包むジーンズもよく似合っている。黒い髪がまだ少し湿っているところから判断して、シャワーを浴びたのだろう。さっきよりも若々しくて、セクシーで、もはや怖い感じもしなかった。

ここに下りてくる前、リリーは髪を乾かして服を着ながら、ドミトリと冷静に対峙《たいじ》するための心の準備をしていた。けれど笑顔でくつろいでいるドミトリを見たとたん、彼をまた男性として意識せずにはいられなくなった。額にかかっている髪も、ひげを剃《そ》ったせいですっきりしている顎も、シャツの襟元からわずかにのぞいている巻き毛の胸毛も、気になってしかたない。きっとあの胸毛はジーンズの中にまで続いて——。

「君も赤ワインを飲むか?」

リリーは、はっとして目をしばたたいた。ぼうっとして見とれているあいだ、ドミトリはそんな私を見ていたのかもしれない。

この人は私を閉じ込めた金箔《きんぱく》張りの檻《おり》の鍵を持っている人なのよ。そんな男性にうっとりしていてどうするの？

しばらく目を閉じてから、リリーはまぶたを持ちあげた。「ありがとう」彼女はかすれた声で返事をしてキッチンの中に入っていったが、そのときおなかが鳴り、恥ずかしそうに言った。「おいしそうな匂いね」そういえば、飛行機の中で軽い食事をしたきり、なにも食べていなかった。

「味もそうだといいんだが」ドミトリが食器用の戸棚からもう一つグラスをとり出してワインをつぎ、リリーにわたしたあとで、自分のグラスにも中身をたした。

ワインをひと口飲んだリリーは、なめらかでおいしい味わいにも驚かなかった。きっとこの屋敷のワインセラーには、最高級のワインしか置いていないはずだからだ。

「もし尋ねてよければ、なんだけど」リリーはドミトリにきいた。「ここはローマのどのあたりになるのかしら？」車で屋敷まで連れてこられるあいだに、すっかり方向がわからなくなっていた。

うなずいたあと、ドミトリはシンクに寄りかかって赤ワインを飲んだ。「ここはパリオリ地区だ。パリオリ地区というのはローマの――」

「パリオリ地区がどこかぐらい、私だって知っているわ」さらに、ローマでいちばんの高級住宅地であることも知っている。ドミトリがここに住んでいるのも当然だ。

リリーは今回の旅行のために航空券の手配をすると、ローマについてのガイドブックを何冊か買って、名所旧跡やいろいろな場所について調べ、どこに行こうかとわくわくしながら計画を立てた。しかし、特権階級の富豪たちが住むこの地区は、訪ねたい場所には入っていなかった。

ドミトリが眉をひそめてリリーを見た。「ここが気に入らないようだね」

「私が気に入るか気に入らないかなんて、どうでもいいことでしょう」リリーは肩をすくめ、ドミトリの視線を避けて、湯気の立っているフライパンの中をのぞいた。「なにをつくっているの?」

「スパゲッティ・カルボナーラだよ。カルボナーラというのは——」

「知っているわ。最近はイギリス人もけっこう国際的なのよ」リリーは皮肉たっぷりに言った。「特別な食事のときには、ナイフとフォークだって使うんだから」

今夜は二人でゆっくり食事をしながら気軽な会話を楽しめれば、とドミトリは思っていた。だが、キッチンで顔を合わせてものの数分とたたないのに、気軽な会話どころか、リリーはまた喧嘩《けんか》がしたくてたまらないようだ。

たしかに、本人の承諾なしに携帯電話を部屋から持ち去ったのはよくなかった。しかし、ベッドの上に散らばっている口紅やペーパーバックなどといっしょに携帯電話があるのに気づいたとき、リリーはすでにバスルームの中にいた。中からドアに鍵をかけ、バスタブに湯をためている音がしていたせいで、話しかけることはできなかったのだ。

相変わらず喧嘩腰で突っかかってくるリリーにうんざりして、ドミトリはため息をついた。「そういえば、イギリスにいたとき食べに行った何件かのイタリアンレストランでは、かなり本格的なイタリア料理を出してくれたよ」

「きっとレストランのオーナーにも、そう言ってあげたんでしょうね。なんてすばらしいの。スカルレッティ伯爵から直々にお褒めの言葉をいただくなんて!」

ドミトリはどっと疲れを感じた。どうやら今日は長い夜になりそうだ。「そのとき、僕はまだ伯爵じゃなかった」彼は静かに告げた。「僕がオックスフオードを卒業した年の夏まで、父は生きていたんだ」

その言葉を聞いたとたん、リリーの気勢はすっかりそがれた。「まあ、そうだったの。お気の毒に」

「本気で言っているのか？」ドミトリが驚いた顔をした。「父を亡くした哀れな僕を想像して、いい気味だと言われるかと思ったんだが」

「とんでもない」リリーはむっとした。どんなにドミトリに腹を立てていても、彼が父の死によって受けた心の痛みに乗じるようなまねをするはずがない。リリーは決して復讐《ふくしゅう》心の強い人間ではなかったし、今みたいなたいへんな状況にあっても、決してそうなりたくはなかった。「私の両親は、フェリックスと私が十八歳のときに亡くなったの。だから、だれかが若いうちに親を亡くしたと聞いて、いい気味だと思うわけがないわ」

「たとえ、その相手が僕でも？」

「ええ、あなたでもよ」リリーは顔をしかめて同情を示した。「お父様が亡くなったとき、あなたはまだとても若かったのでしょう」

ドミトリはうなずいた。「母が死んだのは僕が十五のときで、父が死んだのは僕が二十一のときだった」

リリーは二十一歳のときの自分を思い出した。そのころはもう大学で学位をとりおえて、教育実習を受ける準備をしていた。たしかに、それなりに苦労はあったけれど、彼女の場合は自分のことだけ考えていればよかった。もちろん、たまに無鉄砲な弟が面倒を起こしたときは助けてやらなければならなかったが、そんなことはドミトリが二十一歳の若さで直面した苦労にくらべれば、たいした問題ではなかった。

とはいってもドミトリの場合、経済的にはまったく困らなかったのだ。彼の苦労って、どれくらいのものだったのだろう？

でも……。リリーは続けて思った。そういう状況は、お金だけで解決がつくものではない。それに年の離れた妹のことや、スカルレッティ財閥の下で働いて生計を立てている人々のこと、さらにあちこちにある家屋敷の管理にも、彼は責任を持たなければならなかったのだ。

まあ、あきれた。私ったら、今度はこの人を称賛しているわ。

「そろそろ食事にしない？」リリーは唐突に言った。「私、すごくおなかがすいているの」

この話はもう終わりか。ドミトリは少し残念な気がした。内容は楽しいものではなかったが、やっと二人で多少なりともまともな対話ができていたからだ。「ここで食べるか？　それとも、正餐《せいさん》用のダイニングルームのほうがいいかな？」

「それって、階段を下りてきたときに見えた、廊下の突き当たりにある部屋のこと？」

「そうだよ」

リリーは鼻にしわを寄せた。「だったら、ここで食べるほうがいいわ。あなたがそうしてもかまわなければ」

「もちろん、かまわないよ」

ドミトリはガスレンジに向き直り、フライパンの中のスパゲッティを温めた深皿に移した。

「オーブンの中にガーリックブレッドが入っているんだ。持ってきてくれるかい？」ドミトリはリリーにそう言い残して、湯気の立つスパゲッティをテーブルに運んでいった。

「ええ、それぐらいなら私にもできるわ」リリーが小生意気な言葉を返すのが聞こえた。

ドミトリがスパゲッティをテーブルに置いてふり向くと、リリーは鍋つかみを手にして腰を曲げ、低い位置にあるオーブンの扉を開けるところだった。

形のいいヒップがまっすぐドミトリの目に飛び込んでくると、なぜか彼の食欲は完全に別の欲求とすり替わった。

リリーのヒップの形は見とれてしまうほどすてきだった。引き締まっているが適度にまるみをおびていて、ドミトリのてのひらにすっぽりとおさまりそうで……。

「もう少しワインを飲むかい？」ドミトリはざらついた声で尋ね、顔をこわばらせてカウンターまでワインボトルをとりに行き、ついでにオーブンの横にあるキャビネットの引き出しからフォークとスプーンをとり出した。

「え、ええ。ありがとう」リリーはゆっくり体を起こしてガーリックブレッドを深皿に入れ、テーブルに持っていったものの、急にドミトリの声の調子が変わったのが気になった。「本当にここで食べてもいいの？」ドミトリが椅子を引いてくれても、リリーはすぐに座ろうとしなかった。

ドミトリは、ここで食べていいと言いきれる自信はなかった。ヒップを見ただけで影響されているくらいなのに、いつまでもここにいたら、リリーのヒップを両手でつかんでテーブルにのせ、とんでもないことをしてしまいそうだった。今はクラウディアが無事に帰ってくることだけを考えなければならないというのに。

「もちろんだよ」ドミトリはそう返事をして、やっと座ろうとするリリーの椅子を押してやり、自分も彼女の前の席についた。すると、またアップルとシナモンの香りがリリーの髪から漂ってきたので、ふと目を上げると、彼女が大きな青い目で不思議そうに彼を見つめていた。

きれいな目だ。ドミトリはしぶしぶながら認めた。実際彼にとって、リリーはすべてが魅力的だった。プラチナブロンドの髪も、なめらかな白い肌も、それにふっくらとしてセクシーな唇の誘惑的なことといったら……。

またださ。そろそろいいかげんにしろ。ドミトリは自分を叱りつけた。彼女は自分の意志に反して、ここに囚《とら》われているのだ。僕が彼女を女性として意識してさらに不審を買うようなまねをしなくても、もう充分嫌われているし、信用されてもいないのだ。

ドミトリは深皿のスパゲッティをリリーの皿と自分の皿にたっぷりと盛り、ぶっきらぼうに言った。

「さあ、食べるんだ」

「まあ、そういう言い方をすると、みんなあなたの言うことをきくの？」リリーがからかった。

我ながらうんざりして一瞬目を閉じてから、ドミトリはテーブルごしにリリーを見た。「悪かった。今日は状況が状況なだけに、いつもの僕でいられなかったんだ」

「それじゃ、いつものあなたは今日のあなたよりも少しはましなの？　それとも、もっとひどいのかしら？」

「もう少しは礼儀正しいはずだけれどね」

「だったら、もう一度言い直してみたら？」リリーはやさしい口調で言った。

ドミトリは肩の力を抜いて椅子に背をもたれた。「冷めないうちに、さあ、どうぞ召しあがれ、リリー」

「そのほうがずっといいわ」うなずいたリリーはフォークを手にとり、スパゲッティをすくってフォークの先に巻きつけた。けれど、口まで持っていかないうちに、スパゲティはするりと皿の上にこぼれ落ちてしまった。「まあ」リリーはもう一度、フォークでスパゲティをすくった。

ドミトリがおかしそうに笑った。「こういうふうにするんだよ」彼はフォークとスプーンを手にすると、スパゲティをスプーンで受けとめながらフォークの先に巻きつけた。「ほらね？」そして、スパゲッティをするりと口に入れた。

リリーはそのようすをじっと見ていた。だが、本当はドミトリの罪深いほどセクシーな唇に見とれていただけだった。

そのあとリリーは何度も挑戦してみたが、ソースをたっぷりふくんだスパゲティはやっぱり口に入れないうちに皿の上に落ちてしまった。でもだからといって、ときどき同じイギリス人がしているように、スパゲッティをフォークで切り刻んでスプーンで食べるような、はしたないまねはできない。

「こんなことしていたら、私、飢え死にしてしまうわ」またしてもスパゲッティが皿の上に落ちると、リリーはため息をついた。「もうこのパンだけで充分！」そしてガーリックブレッドを一切れとり、大きく噛《か》みついた。

「僕が手本を見せてあげるよ」ドミトリが笑いながら椅子から立ちあがり、テーブルをまわってきた。彼はリリーの横で腰をかがめると、彼女の手からスプーンとフォークをとった。

これはいけない。すぐ近くにいるドミトリを意識して、リリーの全身の神経がことごとく敏感になった。ドミトリの温かい腕がリリーの肩をかすめ、ゆったりとした白いシャツの前がたわんでいるせいで、たくましい胸と引き締まったおなかだけでなく、先細りになってジーンズの中に消えていく胸毛までしっかり見える。

それに、ドミトリからはいい匂いもした。アフターシェーブローションのぴりっとしたさわやかでセクシーな香りに、自然な男性の香りがまじっているせいだろうか。

ああ、どうしよう。

「さあ、口を開けて、リリー」

リリーは驚いて顔を上げ、そしてすぐに後悔した。

リリーのほうを向いて前かがみになっていたから、ドミトリの目は彼女の鼻の先にあった。その目を見つめていると、淡いグリーンだった虹彩《こうさい》が深いエメラルドグリーンに変わる。ドミトリの温かい息が顔にかかると、リリーは落ち着かなくなって、わずかに開いていた唇を湿らせた。

「さあ、口を開けて」ドミトリのかすれた声がもう一度聞こえると、今度は彼の唇を呆然《ぼうぜん》と見つめた。

ドミトリの顔から目をそらすこともできないまま、リリーはゆっくりと口を開けた。そしてドミトリがフォークに巻きつけたカルボナーラをきちんと舌の上にのせてくれると、味蕾《みらい》が一気に働きだし、えも言われぬ感覚を味わった。

スパゲッティをのみ込み、また口がきけるようになると、リリーはふるえるため息をついた。「なんておいしいの！」彼女は感心したようにドミトリを見た。「あなたはレストランを開くべきだわ。いいえ……もちろん、そんなことはできないわよね」私ったら、なんてばかなことを言っているのかしら。スカルレッティ伯爵がレストランを開いたうえに、そこのシェフになってどうするのよ。

一方ドミトリは、リリーがスパゲッティを食べるときの恍惚《こうこつ》とした表情を見て、体に興奮を覚えていた。ベッドで歓喜の頂点にいるときも、そういう顔をするのだろうか。目を閉じ、頭をそらし、夢見るような笑みを浮かべて、うっとりと喜びにひたるのだろうか……。

わずかに開いた唇をドミトリがまだ見つめていると、リリーがふっと息をつき、ピンク色の濡《ぬ》れた舌で唇についたカルボナーラのソースをなめた。

息ができなくなり、ドミトリは声に出すことなく喉の奥でうめいた。男性の証《あかし》がますます高まってうずき、耐えられないほどになる。リリーの唇を自分の舌でなぞり、味わっているところを想像していいたせいだった。

「私、もう一人で食べられると思うわ」

リリーの声で、ドミトリは現実に戻った。そしてフォークとナイフをリリーの皿の上に置くと、体の変化に気づかれないうちに、急いでテーブルをまわって自分の席に戻った。

こういう経験は生まれて初めてだ。突然、体の反応を抑えきれなくなるほど激しく女性がほしくなったことなど、これまでに覚えがない。しかもどんな女性でもいいわけではなく、特定の女性を求めているとは。

今までドミトリは数多くの女性と関係を持ってきたが、そのほとんどはお互いの欲求を満たすための、短くあとくされのないものにすぎなかった。だから、気が向いたときに高価な宝石を贈る以上のことは経験がなかった。

リリーとは数時間前にあったばかりだが、もし彼女に高価な宝石を贈ったらどうなるかはよくわかっている。彼女は必ずその宝石を僕の顔に投げつけるに違いない。

なのに僕は本人の意志を無視して、リリーの言うところの〝金箔張りの檻〟に彼女を閉じこめたばかりか、いきなりキスしたくなったりセックスをしたくなったりしている。正気な男のすることじゃない。

「ドミトリ？」

「なんだ？」ドミトリは苦い顔で、テーブルの向こうにいるリリーを見た。

どうしてまた急にドミトリの態度がよそよそしくなったのかわからず、リリーは椅子の上でわずかに体を引き、警戒するように彼を見ていた。さっきまで冗談を言っていたのに、次にキスをしそうになったと思ったら、いきなり離れるなんて。まるで私が伝染病にでもかかっているかのような反応だった。

でも、きっと私のことをそんなふうに思っているのだわ。この人は、フェリックスがクラウディアの財産を狙っていると考えているくらいだから。

それに、これほど魅力的で大富豪のドミトリ・スカルレッティ伯爵が、私にキスをしようとするはずがない。いったい私はなにを考えていたの？　彼は単にスパゲッティの正しい食べ方を教えてくれただけ。そのほかのことはみんな私の勝手な妄想なのだから、すっかり忘れたほうがいい。彼が私のような女に魅力を感じるなんて展開はありえないのだから。

でも、私は彼を魅力的だと思っているの？

どんなに自分の心を否定しても、意味はなかった。ドミトリのすることなすこと、まなざしやしゃべり方や気品のある立ち居ふるまい、香りさえも気になってしかたない。

リリーはただ、小さな体で必死に自分の感情に逆らおうとしていたのだった。

ああ、なんてこと……。

6

ありがたいことに、カルボナーラとガーリックブレッドを食べおわって食器を洗浄機に入れるころには、リリーは妄想をすっかりふり払い、普段の自分に戻っていた。イギリスでの学生時代に経験したおもしろい話をドミトリがしてくれたことも、落ち着く役に立った気がする。あれは私をリラックスさせようという彼なりの配慮だったに違いない。

それに話をしながらワインを一本、また一本と空けたことも、かえってよかったようだ。

実際、リリーは屋敷にドミトリと二人きりでいる理由さえ忘れそうなほどくつろいで、食後のチーズとフルーツを楽しんでいた。

「それで、いったいどうしてキックボクシングを始めようなんて思ったんだ？」ドミトリが興味津々といった顔で尋ねた。

リリーは顔をしかめて答えた。「私って身長が百五十五センチで、体重が四十七キロしかないからよ」

「なるほどね」ドミトリはほほえんだ。「きっとそういう特技は、イタリアに来て伯爵の家にいやいやながら泊まるはめになったときも役に立つんだろうな」

リリーはドミトリの目をしっかり見て答えた。「始めたときはこういう日が来るとは思っていなかったけど、そうね、きっと役に立つんじゃないかしら。キックボクシングは技術であって、体の大きさは関係ないから」

ドミトリが眉をひそめた。「わかっていると思うが、さっき僕が泊まるように言ったとき、君を傷つけるつもりはまったくないと約束したのは本心からだよ。僕が腹を立てているのは君じゃなくて、君の弟なんだ」

「あなたもわかっていると思うけど、私は心配なんてしていないわ。だから、本心からの言葉だと信じてくれなくちゃ」リリーは強気で言い返した。

「そうだろうね」ドミトリは笑った。「君は、自分のことならなんでも自分で解決できる女性のようだ」

その言葉を聞いたとたん、リリーは自分の弟が非難されているようで気になった。「それって、どういう意味？」

「言ったとおりの意味だよ」ドミトリが広い肩をすくめた。

なんてすてきな肩なの。たくましくて、頼もしくて……。私、あのおいしいワインを飲みすぎたのかしら。またうっとりと彼の体に見とれている。

「知っていると思うけど、イギリスでは考え方が違うの。私はもう二十六歳だから、男の人にあれこれ面倒を見てもらう必要はないわ。特に自分の弟にはね」そこまで言って、リリーはまずいことを言ってしまったと気づいた。「でも、あなたがクラウディアに対して保護者意識を持つのを非難しているわけじゃないのよ。事情がぜんぜん違うから。だって、あなたは彼女が小さいときから面倒を見てきたのだし、それに……」リリーは突然、笑いだした。「私、言い訳のしすぎかしら」

「そうだね、ほんの少しだけ」ドミトリがそう言ってテーブルごしにほほえみかけると、リリーの胸はまた高鳴った。

私はもう二階に行って、さっさと寝るべきなんだわ。

「そういえば、まだデザートを食べていなかったね」ドミトリが言った。

リリーは驚いた。「チーズとフルーツだけじゃたりないの？」

「そう、たりないね。歩いてそう遠くないところに、世界一おいしいジェラートを売っているんだ」

「それって、この屋敷の外に出るってこと？」

ドミトリははっとした。「まさか、ここに監禁されていると本気で思っていたんじゃないだろうね？」

「思っていたわ。だって、そのとおりなんだから」リリーは冷たく即答した。

「僕は決して……」ドミトリは大きくひと呼吸してから言い直した。「たぶん、さっきまでの僕は少しばかり君に威圧的すぎたんだな」

「たぶん、ですって？」リリーはあきれてドミトリを見た。

その顔をテーブルごしに見たドミトリは、食事をしながらリリーが話してくれたことを思い出した。

両親を亡くしてから双子の弟のことは姉として責任を持ってきたこと、もう何年も休暇をとっていなかったこと、弟がイタリアに行ってしまってとても寂しかったこと、さらにこのイタリア旅行は急に思いついたもので、教師の収入では贅沢《ぜいたく》すぎることなどを……。

きっとリリーはこの旅行を心から楽しみにしていたに違いない。ところがローマに着いたら弟には会えず、街を楽しむどころか、ここに囚《とら》われの身となっているのだ。それというのも、僕が強引にそうさせたからだ。僕が妹のことを心配し、フェリックスに腹を立てるあまり、その怒りのはけ口をリリーに求めたのが原因だった。

「たしかに、君がローマに着いてから僕がとった行動は正しくなかったな」ドミトリは重い気持ちで認めた。

リリーが目をまるくした。「そんなことを言うのは、ワインを飲みすぎたせいってわけじゃないのね？」

ドミトリは笑った。「イタリア人にとって、ワインは母親のおっぱいのようなものだよ」

「まあ」リリーは思わずドミトリが女性の胸を、それも自分の胸を吸っている情景を想像してしまった。その瞬間、勝手な妄想はしないという固い決意は崩れ去った。

私ったら、もう本当に自分の部屋に行って休んだほうがよさそうだわ。そうしないと、妄想はますます過激になりそうだし、実際のところすでに胸はうずいていて、脚のあいだがどんどん熱くなっている。

「君はどこに行きたいのかな？」ドミトリが尋ねた。

ベッドよ、と言いたいところだけれど、それはたぶん誤解されそうだから……。「どのガイドブックを見ても、トレビの泉を夜見るとすてきだって書いてあったわね」

「そのとおり」立ちあがったドミトリが、リリーのために椅子を引こうとテーブルをまわってきた。

「しかもローマでいちばんおいしいジェラートは、トレビの泉のすぐ近くで売っているんだよ」

「こんな時間に？」

「もちろんだ。ローマは眠らない街だからね」

「ニューヨークみたいに？」

ドミトリは首を横にふった。「僕の経験で言えば、ニューヨークはエキサイティングだが、ローマはロマンティックなんだ」

ええ、そうね。この怖いほどハンサムな男性と月明かりの中をそぞろ歩くのはたしかにロマンティックだけど、自分の心がここまでかき乱されているときに、そんなことをするわけにはいかない。

「どうして急にすごく親切にしてくれるの？」リリーは落ち着かなくなって尋ねた。

後悔からか、ドミトリが淡いグリーンの目を曇らせた。「たぶん、これまでの自分がいかに親切でなかったかに、やっと気づいたからだろうね」

リリーはゆっくりと立ちあがった。こんなにリラックスして感じのよいドミトリを信用していいのかどうかわからなかった。そういう状態の彼といっしょにいるときの自分を信用していいのかどうかは、さらにわからなかった。

たとえしばらくでもこの屋敷から出られるのはうれしかったが、ドミトリに対する警戒心が薄れているときにそんなことをしたら、とんでもないことになりはしないかとリリーは心配だった。月明かり、おいしいジェラート、トレビの泉、ドミトリ・スカルレッティ……この最後の要素は特に危険だ。

〝今日はもう疲れているから寝ることにするわ〟と言おうとして、リリーがふり返ると、ドミトリはすぐうしろに立っていた。一歩も下がろうとしないドミトリのそばで、彼女は彼のぬくもりを感じ、アフターシェーブローションの香りとたくましい男性の香りをかいだ。そして、少しだけ伸びてきたひげでドミトリの顎がうっすらと黒くなっているのに気づいた。

わずかに開いたリリーの唇をじっと見つめているドミトリの瞳の奥は、またしても深いエメラルド色に変わっていた。

リリーは息をすることも忘れ、ドミトリの目から目をそらすこともできずにいた。体がふるえだしたが、それでもドミトリは彼女を見つめているだけで、なにもしようとはしなかった。

リリーは唾をごくりとのみ込んだ。「ドミトリ、もう遅いでしょう。だから……」それ以上は言えなかった。ドミトリがリリーのウエストに腕をまわし、自分のほうに引き寄せたからだ。

「そうだね」ドミトリは低くかすれた声でうめくように言った。「もう遅すぎる」

そして、ゆっくりと顔を近づけて唇を重ねた。

リリーがうめくと、ドミトリは唇でたくみに彼女の口を開け、その中に熱い舌を強引にすべり込ませた。と同時に両手をリリーの背中にまわし、彼女の胸を自分の胸にしっかり押しあててから、その手を下に伝わせていってヒップを包みこみ、自分の体に引きつけた。ドミトリの男性の証《あかし》が脈打っているのをおなかで感じると、リリーの脚はふるえだした。

ドミトリの広い肩を必死でつかんでいるあいだ、彼はリリーの喉に唇を這《は》わせていき、彼女はその熱い唇をもっと感じたくて頭をのけぞらせた。脚にはもはやまったく力が入らなかった。ドミトリにしがみついていなければ、彼の足元にくずおれてしまっただろう。

熱くたくましい体に圧倒されてリリーの思考は働かず、とにかくドミトリのシャツをめくりあげて、肌にじかにふれたかった。それだけでなく口づけもして、彼の味を堪能したかった。

いったいドミトリは私になにをしているのだろう？　どうして私はこうなっているの？

リリーは男性に夢中になったりする女性ではなかった。これまでつき合った男性のだれともこういうことにはならなかったし、相手の服を引きはがし、自分の服も脱ぎ捨てて、お願いだから私を奪ってと懇願したくなったことも一度もなかった。しかも今すぐにこの場で……チーズやフルーツの皿がまだのっているテーブルの上でなんて。

ドミトリが私のデザートなんだわ！

彼と体を重ねたら、濃厚でなめらかな感触と罪深いほど贅沢なひとときが味わえるだろう。リリーは本能的にそう悟っていた。

余計な分別に邪魔されないうちに、ドミトリのシャツのボタンをはずした。そして熱い息を吐きながらシャツの前を広げ、筋肉質の胸をうっとりと見つめてためらいがちにそっとふれた。ドミトリが低くうめくと、リリーはその熱い視線をしっかり受けとめつつ、親指で彼の肌をなぞった。するとドミトリの目がきらめき、頬骨のあたりが紅潮してきた。

「リリー……」ドミトリはリリーにキスをするつもりなどなかった。ましてや、こんなふうに彼女にふれてもらえるなんて想像もしていなかった。

食事中、ドミトリはずっとリリーを意識していた。リリーの笑顔を、物思いに沈んだ顔を、ときどき見せる悲しそうな顔を見ていると、不本意ながら彼女に、その美しさに惹《ひ》かれていくのがわかった。そして、ついにこうしてキスをしてしまうと……。

「リリー、もう僕はやめられなくなりそうだ」ドミトリはそう警告しながらも、彼女のやわらかなおなかに自分の高まりを押しつけた。

だが、リリーは聞こえてもいないようで、顔を下げてドミトリの胸にキスをし、敏感になっている肌を舌で刺激した。そのとたん、快感が衝撃波となって、すでに脈打っているドミトリの男性の証を直撃した。

ドミトリはリリーの首筋に顔をうずめ、強烈な刺激に必死で耐えながら、彼女のヒップを両手でつかんだ。想像していたとおり、ヒップがてのひらにすっぽりとおさまると、自分の高まりがリリーの脚のあいだに来るまで彼女の体を持ちあげる。ドミトリがその状態で腰を動かすと、リリーの口から小さなうめきがもれ聞こえてきた。

リリーの体をさらに持ちあげて、彼はテーブルの端に腰かけさせた。黒いセーターの裾をめくりあげると、黒いレースのブラジャーに包まれた形のいい胸が現れ、胸の先端が硬くなっているのが薄い生地をとおしてわかる。

その光景を見ると、ドミトリはどうしてもリリーの薔薇《ばら》色の蕾《つぼみ》を口にせずにはいられなかった。

ブラジャーのホックをさがすのももどかしくて、レースをつかんで引きさげると、胸の先端がカップの上に飛び出してきた。

ドミトリは驚きのあまり息もできないでいるリリーの脚を広げさせてそのあいだに立ち、脈打つ高まりを彼女に押しつけながら胸の先端にキスをした。リリーのあえぎがすすり泣きに変わるのを聞きながら、胸の先端にさらなる刺激を与えると、彼女の指が彼の肩にくい込む。最初はやさしく、しだいに強く、ドミトリがリリーの胸を味わいつづけるあいだ、彼女は彼の頭を胸に抱き締めて、全身をつらぬく快感に酔いしれていた。

そのとき突然、ドミトリが唇を離した。リリーは不満そうにうめいたが、彼はすぐにその胸をてのひらで包み込み、親指で先端をたくみに愛撫《あいぶ》しながらもう一方の胸に口づけした。舌と手で両方の胸にやさしい刺激を受けているせいで、リリーの手足がふるえだす。そのふるえは体の中を伝わっていったあと、ついには脚のあいだに達し、そこでゆっくりと脈打ちだした。体の奥深いところから次から次へと生まれてくる熱い波に翻弄されて、リリーは気が遠くなりそうだった。

「僕にふれてくれ、リリー！」ドミトリが彼女の胸から唇を離し、汗に濡《ぬ》れた肌に熱い息を吐いて、つらそうにうめいた。「お願いだ、君の手を感じさせてほしい……」彼はリリーの小さな手をつかみ、ジーンズの上から自分の高まりに押しあてた。

ドミトリの高まりが脈打っているのをてのひらに感じながら、リリーはその手をゆっくりとリズミカルに動かした。自分も快感の波にさらわれそうになりながらうつむくと、ドミトリがまたしてもリリーの胸に唇でふれ、敏感な胸の先端に歯で刺激を加えていた。

リリーの白い胸にドミトリの小麦色の肌が押しあてられ、彼の黒いまつげが紅潮した頬に影を落とし、乱れた髪が額にかかっている光景はあまりに官能的で、なんとなく原始的でさえあった。

ふいに、ドミトリがリリーの胸に唇をつけたまま凍りついた。「あれは、なんの……」

そのあとすぐに、リリーにもその意味がわかった。モーツァルトだった。かすかにしか聞こえないけれど、間違いない。

私の携帯の着信音だわ！

次の瞬間、二人はまるでバケツで冷水をかけられたような気分になった。ドミトリはリリーの体から手を離してうしろに下がり、不機嫌そうに額にしわを寄せて、まだ熱く燃えている目を彼女に向けた。

自分があられもない格好をしているのに気づいて、リリーはぞっとした。広げた脚のあいだにはドミトリが立っているし、セーターは喉元まで押しあげられている。

まあ、なんてこと！

テーブルから飛びおりたリリーは、ドミトリに背を向けてブラジャーとセーターを元どおりにすると、急いでショルダーバッグの中から携帯電話をとり出した。「もしもし？」

リリーが電話に出たとたん、ドミトリがまるで獲物の気配を感じた豹《ひょう》のように頭を上げた。フェリックスに違いない。ほかにだれが、こんなに夜遅く電話をかけてくるというのだ？

「ちょっと、なにをするの！」

リリーの抗議を無視し、ドミトリは携帯電話を奪いとって耳にあてた。

「フェリックスだね？」空いているほうの手を上げてリリーを黙らせ、電話の相手の声をしばらく聞いてから厳しい声で尋ねる。「いったい君はだれなんだ？」

「フェリックスでないことはたしかよ！」リリーは彼

そう言って、すばやく携帯電話を奪い返した。「ええ、ごめんなさい、ダニー」彼女はドミトリを腹立たしそうににらみつけながら、電話をかけてきた相手にあやまった。「えっ、ただの友達よ……弟の。ええ、そうなの。あまり愛想のいい人じゃないのよね」

そう言ってダニーに笑ってみせるリリーを眉をひそめて見据えつつ、ドミトリはシャツのボタンをとめた。

「ダニー、明日、私のほうからかけ直していいかしら？　今、ちょっと……とり込み中だから。それに……ええ、わかったわ。必ずかける。じゃあね、ダニー」彼女は軽い口調で別れを告げた。

リリーが携帯電話を閉じてショルダーバッグにしまうと、キッチンに重苦しい沈黙が漂った。ドミトリとのあいだに起きたことが、そしてその影響でまだ体がうずいていることがショックで、リリーは彼とまともに口をきくことができなかった。それにしても、ドミトリはどうして急に黙り込んでしまったのだろう？

理由はいろいろ考えられた。電話をかけてきたのがフェリックスでなくて、落胆しているのかもしれない。それとも、私とこんなことをしてしまって後悔しているのかしら。たぶん、その両方だわ。私だって、こんなふしだらなことができた自分に驚いているのだから。

「だれだ、そのダニーというのは？」

リリーは驚いてドミトリを見た。「なんですって？」

「今連絡してきた、ダニーという男はだれなんだ？」ドミトリが歯ぎしりをして、もう一度尋ねる。

もしかしたら、彼が私を非難するように見て黙り込んでいたのは、そういうことだったの？

でも、私に男性から電話がかかってきて、ドミトリ・スカルレッティ伯爵が嫉妬するなんて考えられない。だからたぶん、つき合っている相手がいるのに彼に体を許そうとした私を軽蔑しているんだわ。でも、ダニーとはもう……。

「ダニーはただの友達よ」リリーはなんでもないという口調で答えた。

ドミトリが疑わしそうに眉を上げる。「それで、君の友達はいつも……」彼は腕時計を見た。「夜の十時半に電話をかけてくるのか？　しかも君の旅行先にまで」

「その質問に対する答えは、明らかにイエスね。だって、今の人は実際にかけてきたんだから」リリーはぎこちなく肩をすくめた。

「今の人だって？　いったい君には、男友達が何人いるんだ？」

ばかにしたような言い方をされて頬が赤くなり、リリーは言い返した。「何十人もいるわ」〝男友達〟

という言葉をおたがいが異なる意味で使っているのはわかっていたけれど、自分をさげすむように上から見おろしているこの男性に、いちいちそんなことを説明するつもりはなかった。

そのあともしばらくリリーを見ていたものの、ドミトリはやがて目をそらして言った。「もしかまわなければ、僕は書斎ですることがある。明日までに見ておきたい書類があるんだ」

「じゃあ、ここは私が片づけておけばいいのね」リリーはいやみをこめて申し出た。

ドミトリはテーブルの上を見た。何分か前まであそこにリリーを腰かけさせ、夢中でキスをして、さらに……。

テーブルの上では、空になったワイングラスがチーズの皿の上に倒れ、フルーツが皿からこぼれ落ちていて、二人が使ったあとの皿やフォークがあちこちに散らばっていた。

見たくないものを見てしまったような気がして、ドミトリは一瞬目を閉じた。こんなことは――これほど自制心をなくすことは、彼の性格からして、まったく考えられなかった。

ドミトリは大きくひと呼吸してから答えた。「そうだね、それが公平というものだろう。僕が食事を準備したのだから」そう言うと、挑戦するように片方の眉を上げた。

もちろんそれで文句はない、とリリーは思った。たしかに、彼はおいしい食事をつくってくれた。ただ、カルボナーラとガーリックブレッドが今は胃に重くもたれているのが残念だった。

「ええ、そうね」リリーはそっけなく言葉を返した。

「じゃあ、明日の朝、またここで」

ドミトリはうなずいた。「もし朝食の前に泳ぎたければ、東棟に温水プールがある」

まあ、この屋敷には温水プールまであるんだわ。

「でも、十二月なのよ。私、水着は持ってこなかったわ」

「君が生まれたままの姿で泳いでも、僕はまったくかまわないが」ドミトリが淡いグリーンの目でリリーの体を上から下まで眺めてから、その視線をかすかに赤らめている顔に戻した。

「私がかまうの！」

ドミトリはそれには言葉を返さず、肩をすくめてキッチンの中を廊下に向かった。

「今度は私の携帯電話をとりあげないの？」いやみを言わずにいられなかったが、リリーは言ってしまってから後悔した。今はその携帯電話だけが、屋敷の外と連絡をとる手段だった。

肩をこわばらせたドミトリがキッチンの入り口で立ちどまり、ゆっくりとふり返った。「もしフェリックスから電話がかかってくるようなことがあったら、僕にも教えてくれるね？」

「ええ、もちろん」リリーは考えるまでもなく、そう答えていた。ドミトリがどんなに尊大な男性であっても、妹のことを本当に心配しているのはよくわかっていたからだ。

「それなら、携帯電話は君が持っていてもいいだろう」

「まあ、なんて寛大なこと！」

ドミトリがおもしろくもなさそうに唇を引きつらせてほほえんだ。「僕もそう思うよ。おやすみ、リリー」

「おやすみなさい、ドミトリ」リリーはつぶやくように言った。それから、彼の姿が完全に見えなくなるまで待ったあと、ゆっくりとキッチンの椅子に腰を下ろして、熱くほてっている顔を両手にうずめた。その瞬間、ドミトリの腕の中で感じた熱い喜びがことごとく脳裏によみがえってきた。

四十八回。

ドミトリは泳いだ回数を数えながら水中でターンをすると、またプールの反対側へ向かって力強いストロークで泳ぎだした。

四十九回。

だが、心地よく冷たい水の中でどんなに泳いでみても、一時間前から続いている体の興奮は冷めてくれなかった。

キッチンでリリーと別れたあと、ドミトリは書斎には行かず、結局自分がプールで泳ぐことにした。もちろん、リリーが彼の勧めにしたがってプールに来ることはないとわかっていた。

五十回。

ところが、こうやって自分を罰するかのように必死で泳いでみても、ドミトリにはリリーに対する自分の思いがけない反応を理解することも、受け入れることもできなかった。

五十一回。

たしかにリリーは美しい。しかし三十六歳にもなる僕には、数えきれないほどの美しい女性たちとつき合ってきた過去がある。だったら、リリーのなにがそんなに特別で、あのなめらかな肌の感触にここまで魅せられているのだろう。よりにもよってキッチンの、しかも食事をしたばかりのテーブルの上で、あんなことをしてしまうとは。

五十二回。

それに、あのダニーとかいう男はいったい、リリーとどういう関係があるんだ？　ただの友達だと彼女は言ったが、ただの友達がこんなに夜遅く電話をかけてくるだろうか。しかも国際電話を。

五十三回。

しかし、どうして僕がそんなことを気にする必要があるんだ？　ダニーがだれだろうと、リリーにとってどんな存在だろうと、どうでもいいじゃないか。

いや、待てよ。彼女は今、つき合っている相手はいないようなことを言っていた……。

五十四回。

その言葉が嘘《うそ》だったとしても、どうでもいいことだ。彼女は僕にとってなんの意味もない存在なのだから。単に僕の妹と駆け落ちした男の、癪《しやく》にさわる姉でしかない。

五十――。

赤いランプが点滅しているのに気づき、ドミトリは数を数えるのも忘れて凍りついた。プールの中から、この室内プールに出入りするドアの横にあるセキュリティパネルを見あげる。ランプが点滅しているということは、だれかがこの屋敷に侵入しようとしているのだ。

あるいは、だれかが無理やり出ていこうとしているのか……。

7

「君は自分がなにをしているか、わかっていたのか？」ドミトリはぶつぶつ文句を言いながら、キッチンの椅子に座っているリリーの手の傷にせっせと包帯を巻いた。

リリーが顔をしかめたのは、手の傷が痛かったからではない。なぜ屋敷から出ようとして窓ガラスを割ったのかと尋ねるドミトリの口調が、あまりにもうんざりしていたからだ。

今になって考えると、たしかにあれはあまりいい考えではなかった。結局、警備会社から屈強な男四人と、警察官二名がドミトリの屋敷に駆けつけるはめになったのだから。

ドミトリが出ていったあと、リリーはキッチンで後片づけを終えると、まっすぐ二階の部屋に行った。だが部屋に入ったとたん、囚《とら》われの身である実感がひしひしと迫ってきたうえに、さらにキッチンで自分がしたことを思い出して、恥ずかしさでいたたまれなくなった。

相手がだれであっても、私は決して衝動に負けたりはしないはずだった。それなのに、自分を事実上この屋敷に監禁している男性に身を任せそうになってしまったなんて。明日、朝食のときにドミトリとまた顔を合わせるかと思うと、悔しくてたまらない。その屈辱から逃れるには、この屋敷からも、屋敷の主《あるじ》からも逃げ出すのがいちばん手っ取り早いと思えた。

そう考えるだけなら問題はなかったのだけれど、実行にまで移したのはまずかった。

もちろん、椅子を引きずっていき、その上にのってシンクの上の窓ガラスを割るのは、たいしてむずかしくはなかった。実際簡単だったし、今になって思えば簡単すぎた。

この屋敷に設置してあるような最新のセキュリティシステムなんて、リリーは見たこともなかった。だから、警報ベルが大音響で鳴り響くかもしれないと心配していたのに、窓ガラスを割ってもなにも起こらなかったから、ほっとしていた。だが、警報は警備会社で鳴っていて、そこからたちまち警察に通報されたのだ。

そして、外に出る前にガラスの破片をとり除いていたせいで、リリーが手を切ったりしているうちに、大きな男が六人も駆けつけてきて、彼女はとり押さえられてしまったのだった。

自分はこの屋敷に押し入ろうとしていたのではなく、出ていこうとしていたのだと説明しようとしても、六人の男はだれも英語が話せず、リリーもほとんどイタリア語が話せなかった。結局、濡《ぬ》れた髪もふかず、腰にバスタオルを巻いただけの姿で駆けつけてきたドミトリが、警備会社の社員と警察官に説明することになった。彼がイタリア語でなにをどう説明しているのか、やはりリリーにはさっぱりわからなかった。

それにしても、私がドミトリの家に入るのではなく、出ていくために窓ガラスを割った理由を、彼自身がどう説明するというの？　しかも、ドミトリは体にバスタオルを巻いているだけの姿だったのに。

そしてドミトリは、今もそのときと同じ格好で、リリーの手の傷に包帯を巻いていた。

数時間前にリリーが感じていた恥ずかしさなど、この瞬間に感じている屈辱感にくらべればなんでもない気がした。警察官は帰っていき、警備会社の社員も窓ガラスを仮補修して引きあげてしまったので、リリーはまたしてもドミトリと二人だけで屋敷に残されていた。

「それで、どうなんだ？」ドミトリが包帯の端をとめ、うしろに下がって腹立たしそうに尋ねた。

やっとまた普通に呼吸ができるようになったけれど、髪はまだ濡れたままで腰にバスタオルを巻いただけのドミトリを、リリーは強く意識していた。警報が作動したとき、この人はシャワーを浴びていたのかしら。

「どうなんだいって、なにが？」リリーはドミトリの視線を避け、目をあちこち泳がせた。

鼻を鳴らしたドミトリは、リリーの肩をつかんで揺さぶってやりたかった。それとも、また彼女の心を乱すようなことをしないうちに、さっさとこの場から立ち去ったほうがいいのだろうか。

相変わらず立ったまま、彼は椅子に座っているリリーを怖い顔でにらんだ。「窓ガラスを割れば、セキュリティシステムが作動することくらい、わからなかったのか？」

リリーは意固地になって顎をつんと突き出したものの、急に弱い立場に立たされたという思いはぬぐいきれなかった。彼女はさっきも着ていた黒いセーターを着て、スラックスから色あせたジーンズにはき替え、髪は後ろでまとめてゆるい三つ編みにしていた。そのせいか、今は女子高校生のようにしか見えない。

「もちろん、わかっていたわ。でも、だれかがやってくるまでに出ていくだけの時間はあると思ったの。ガラスで切った傷に巻くものをさがそうとしなければ、問題なく逃げ出せていたはずだわ」リリーはいらだったような顔で答えた。

ドミトリはため息をつき、だいぶ乾いてきた髪を両手でかきあげた。彼はプールから出ると、とりあえずバスタオルだけをつかんでこの西棟まで急いでやってきたのだが、そうしておいてよかったと思っていた。でなければ警察署まで行って、リリーを釈放してもらう手続きをしなければならなかったことだろう。どんなときでも率直にものを言うリリーが警察官に逮捕されるようなことを言う場合を考えて、とにかくあわてて駆けつけたのだ。

あきれた顔で、ドミトリは首を左右にふった。

「問題なく逃げ出せていたって、どこにだ？　君がローマのどこにいても、僕はその気になればさがし出せるんだぞ」

そう言われてリリーは驚いたようだったが、反論はしなかった。ドミトリの顔を見れば、彼が本気で言っているのがわかったからだ。「でも、私が逃げ出そうとしたからといって、あなたに責められる筋合いはないわ」

「いや、責めて当然だよ。僕は警官に嘘《うそ》をつくはめになったのだからね」

リリーが興味津々といった顔でドミトリを見た。

「あの人たちにどんな嘘をついたの？」

「痴話喧嘩《げんか》の最中に僕がキッチンから逃げ出したら、君がヒステリーを起こして、窓になにか投げつけたと言っておいたよ」

リリーがスカイブルーの目をまるくする。「私、ヒステリーなんて起こす女じゃないわ」

「ありがたいことに、あの男たちはそのことを知らなかったからね」

「それで、あの人たちは信じたの？」

「たぶん、信じていないだろうね」

「ぜったい信じていないわ」リリーはふんと笑った。

「もし私があなたと喧嘩をしたとして、本当に腹が立ってなにか投げつけたくなったら、きっと窓ガラスじゃなくて、あなたをしっかり狙って投げるでしょうね」

「よくわかっている」ドミトリはむっとした。「だがありがたいことに、あの男たちはそこまで君について知らないから、僕のロマンティックな説明を賢くも信じることにしてくれたんだろう」

そういう事情があったから、警備会社の男たちは訳知り顔でにやにや笑い、ドミトリにウインクをして帰っていったのだ。「あなたはあの人たちといっしょになって、私のことを笑い物にして楽しんでいたのね」

ドミトリが淡いグリーンの目を鋭くして、リリーをにらんだ。「言っておくが、こんなことになって僕が楽しいと思うことは、なに一つない」

「楽しくないのはおたがいさまだわ！」リリーも言い返した。

それにしても、この負けん気の強い女性がどうして急に屋敷にとどまることを恐ろしく思ったのか、ドミトリは不思議だった。夕食のあと、僕とあいうことになったのを気にして、ここから逃げ出そうとしたのだろうか。

今、思い返してもぞっとする光景だった。僕がキッチンに駆けつけると、困りはてた顔をしたリリーが獰猛《どうもう》な男たちに囲まれていたうえに、その手からは赤い血がぽとぽととタイルの床に落ちていたのだから。

リリーはそれほど僕から逃げ出したかったのだ。夕食のあとの行為があまりにきわどいところにまで及んでしまったのがショックで、これ以上屋敷にいて、同じ過ちを繰り返すような事態になりたくなかったに違いない。

たしかに、ドミトリとリリーがここに二人きりでいるのは普通ではなかったし、さらに夕食のあとのようなことは、いくら控えめに言っても、分別ある男女がすることではなかった。それでも僕に好意を持たれていながら、まるで悪魔に追いかけられているかのように必死で逃げ出そうとするとは。そんな女性にはこれまで出会ったことがない。

ドミトリはリリーをじっと見て尋ねた。「君はここから出ていけさえすれば、そのために怪我《けが》をしてもかまわなかったのか?」

リリーが眉をつりあげ、むきになって言った。「私はここから出ていこうとはしていたけれど、怪我をするつもりはなかったの」

ドミトリが鼻の穴をふくらませた。「その手の傷だが、本当に病院で縫ってもらわなくてもいいんだろうか」

「大丈夫よ。私は傷の治りが早いの」リリーは包帯を巻いてもらったほうの手を背中に隠した。「もう休むわ。あなたは勝手になんでもしていて」

ドミトリはため息をついた。「明日の午前中にガラス業者が窓を修理しおえたら、君をホテルに送っていくよ」

リリーが目をまるくする。「本当に?」

「ああ、本当だ」

それでもリリーは半信半疑といった表情で、用心深くドミトリを観察していた。「クラウディアとフェリックスのことはどうなるの？」

ドミトリは表情を曇らせた。「なにか別の方法でさがすことになるだろうな」

「たとえば？」

「そんなことはまだわからない！」ドミトリはとうとう怒鳴った。「とにかく、見つけるための努力をするだけだ」

この人が急にホテルに送っていくなんて言いだしたのは、私がこんな騒ぎを引き起こしたからなの？それとも、私をここに監禁していることをひどく後悔しているのかしら？　そんなことはどっちでもいいけど……。

彼がふるえたような気がして、リリーは眉をひそめた。「寒いの？」それとも、こんな真夜中に自分の家に警察官が乗り込んできたことを思い出し、ぞっとしたのだろうか。

「まさか、そんなわけないだろう」ドミトリは言った。「十二月の終わりの午前一時なんだぞ。窓ガラスは割れていて、体にはバスタオルしか巻いていないんだから、僕が寒いわけがない」

「そんな皮肉を言わなくてもいいじゃない」リリーはむっとした。

「言いたくもなるね」ドミトリはあまりの腹立たしさに言葉が続けられなかった。大きく息を吸って吐いてから続ける。「教えてほしいんだが、リリー、君はイギリスでもこういう経験をしたことがあるのか？」

「どういう経験？」

「イタリア人の伯爵に屋敷に閉じ込められて、キッチンのテーブルの上でセックスをしそうになったり……」二時間前から欲求不満にさいなまれどおしだったドミトリは、リリーが顔を赤らめるのを見るといい気分になった。「押し込み強盗のようなまねをしたり、警官に尋問されたりという経験だよ」

リリーは顔を赤らめたまま答えた。「イギリスにはイタリア人の伯爵はそんなにいないし、私はこの家から出ていこうとしていたのであって、押し入ろうとはしていなかったわ。それに、おまわりさんは私に尋問なんかできなかったのよ。だって、私はイタリア語が話せないし、向こうは英語が話せなかったんだもの。だから、今の質問に対する答えはノーよ。こういう出来事がイギリスで私の身に起きたことは一度もないわ！」

ドミトリは、リリーがテーブルの上でセックスをしそうになったことについてだけは否定しなかったのに気づいた。同じようなことをイギリスでもしているせいだろうか？　それとも、ああなったことを恥じているせいか？

「もういい。早く部屋に行って休みなさい」ドミトリは顎の筋肉を引きつらせて言った。

リリーが首を横にふった。「あなたこそ、部屋に行って服を着てくるといいわ。熱いコーヒーをいれておくから」彼女はカウンターの前へ移動して、コーヒーメーカーに水を満たすと、冷蔵庫からコーヒーの粉をとり出した。「それにしても、なんだってこんな夜中にシャワーを浴びていたの？」

「シャワーを浴びていたんじゃない」ドミトリがそう言っても、リリーは自分のすることに専念していて話を聞いていなかった。

自分の指示にまわりの人間が即座に従うことに慣れていたから、ドミトリは顔をしかめた。だがリリーはそれが気に入らないのか、あるいはわざと無視しているようだ。

コーヒーの粉をフィルターに入れ、コーヒーメーカーのスイッチを入れてから、リリーはやっとふり向いた。「じゃあ、いったいなにをしていたの？」

ドミトリは自分がしたことを問いただされるのにも慣れていなかった。しかし、リリーはなんのためらいもなく問いただしている。ドミトリにとっては実に腹立たしいことだったが、同時に、妙に新鮮でもあった。

父亡きあとの十五年間、ドミトリは言いたいようにものを言い、したいようにしてきた。だが、だれからも非難されたり、口出しをされたりしたことはなかった。だから、背丈が彼の肩までしかなく、なんでも率直に言うこの女性のからかいの対象にされているかと思うとショックを受けた。これまでずっと羊たちの中で暮らしてきたのに、いきなり雌ライオンと向き合っているかのようだ。

「ドミトリ?」

リリーがまだファーストネームで呼んでくれているので、ドミトリは少しだけほっとして、かすれた声で答えた。「なんだ?」

「私は、警報装置が作動したとき、あなたはどこにいたのかって尋ねたのよ」

「プールにいたんだよ」プールで体の興奮を冷ましていたのだが、それも無駄に終わった。こうしてリリーと二人だけでいると、ドミトリの体はまた熱くなってきた。

「まあ」リリーが目をぱちくりさせた。「じゃあ、そのタオルの下はまったくの裸じゃないのね」

ドミトリはにやりとした。「そう、まったくの裸じゃない」

それでも、ドミトリのような男性はたぶん体にぴったり張りついた水着を、しかも黒い水着を着ているだろうからまだ安心はできない、とリリーは思った。そういう水着は体を隠すというより、むしろ、覆われている部分を強調してみせる。

おかしそうに目をきらめかせているドミトリに気づくと、リリーはくるりと背を向け、コーヒーメーカーのほうへ行った。

カーに視線を向けた。「もうすぐコーヒーができるわ」

「それは、さっさと部屋に行って服を着てこいという意味かな？」

ええ、どこでもいいから、さっさと消えてちょうだい。このキッチンから出ていってくれれば、どこに消えてもいいわ。「寒い思いをしていたくなければ、そうしたほうがいいんじゃない？」リリーは無関心を装って肩をすくめた。

だいたい、こんな罪つくりなほどハンサムな男性は存在するべきではないのだ。どんなに超然とした態度をとっていても、女を引きつける魅力は隠しきれるものではない。だから私は、あのがっしりした筋肉質な体に、炎に向かう蛾《が》のように引きつけられているのだ。

「リリー？」

大きく息を吸ったリリーは、失礼にならない程度の表情をつくってからふり向いた。「なんなの？」

「いや、ただ、僕の言ったことが嘘じゃないとわかってほしくてね」ドミトリが腰に巻いていたバスタオルをゆっくりとはずして、トランクスタイプの黒い水着しかつけていない体をリリーの目にさらした。

どうしてこの人はこんなことをしているの？　私を困らせるため？　それとも、半裸の彼に私がすでに刺激されているのを知っているからかしら？

たとえこれまでは知らなかったとしても、今の私を見て、彼は気づいてしまったかもしれない。なぜなら、リリーはドミトリの水着から目が離せなくなっていたからだ。顔がほてってきて、胸が重たくなり、脚のあいだがまた静かにうずきだしていた。

ドミトリの広い肩はたくましくて頼もしかった。筋肉がよく発達している胸は、ほんの数時間ほど前にリリーがふれた黒い胸毛にうっすらと覆われている。一日じゅう会社でデスクについていても、ああいう見事な腹筋がついているのは、欠かさず運動をしているからだろう。それに、あの黒い水着の具合からして、きっと……。

リリーがあわてて水着から目をそらすと、ドミトリはおもしろがっているのを隠そうともせず、にやりとしていた。

「いい体をしているわね、ドミトリ」リリーは冷たく言い放って、彼の体を上から下までわざとらしく眺めた。「さあ、もう露出狂みたいなまねはやめて、服を着てきたら？」

とうとう、ドミトリが声に出して笑った。これほど興味をそそられる女性に出会ったのは久しぶりだ。

「眠いなら、ここで僕を待っていなくていいよ」彼はまたバスタオルをしっかり腰に巻いた。

「私もここでコーヒーを飲むわ。もっとも、あなたがいやでなければ、だけど」

「どうしてそんなことをきく？」

リリーは肩をすくめた。「一人になりたいかと思って」

ドミトリはいつも一人でいるのに慣れていた。クラウディアといっしょに住んでいても、妹は朝起きるのが遅かったし、夜は夜で出かけてばかりいた。しかも最近はいつもフェリックスがいっしょだった。今になって、ドミトリはやっとそのことに気づいた。

とにかく、ドミトリがここで若い女性とこんなに長い時間を過ごすのは前例のないことだった。たぶんこのことは、リリーを連れてこさせる前によく考えておくべきだったのだろう。

彼は肩をすくめた。「君がコーヒーをここで飲もうが二階で飲もうが、僕はまったくかまわないよ」

まあ、なんてことを！

リリーが眉をつりあげてにらみつけると、ドミトリはまるで彼女の存在を意識から締め出そうとするように目を閉じた。それとも、目を開けたらリリーがいなくなっているのを期待しているのだろうか。

そんなわけにはいかないわ。「残念ながら、私はまだここにいるのよ、ドミトリ」

ドミトリが目を開け、大きく息を吸った。「そのようだね。すぐに戻ってくるから、コーヒーを頼む」

それだけ言うと、ドミトリはキッチンから大股で出ていった。そのうしろ姿は半裸なうえに裸足《はだし》であっても、どこからどこまでも自信に満ちて尊大なドミトリ・スカルレッティ伯爵にしか見えなかった。

そして一人残されたリリーは、このままキッチンでドミトリを待つべきか、それとも二階に退散すべきか迷っていた。

8

「結局、ゆうべは二階でコーヒーを飲むことにしたんだね」ドミトリはそう声をかけて、キッチンのテーブルについた。

ドミトリの正面の席では、リリーがまだ朝の七時半だというのに、すでにコーヒーとトーストで朝食をとっていた。

コーヒーカップをゆっくりと受け皿の上に置き、リリーがカップから視線を上げずに答えた。「疲れていたの。旅の疲れに加えて、昨日はスリル満点なことまであったせいで」

「まあ、そういう言い方もできるだろうね」ドミトリはわざとらしく言った。

顔を上げてドミトリをにらんだリリーは、次の瞬間、その目をわずかに見開いた。今朝になって初めて見るドミトリは、カシミアの黒いセーターとジーンズという格好をしていた。セーターを着ているので、広くて頼もしい肩がさらに目立ち、袖を肘の下までまくりあげているために、たくましい腕と手首がいやでも目につく。

ああ、いや。この人の腕や手首までセクシーに見えてしまうほど、私はどうしようもない女なの？

会社に行って、引き続きクラウディアとフェリックスの行方をさがすために、ドミトリはスーツ姿で現れるものと、リリーは思っていた。もちろん、ホテルに送っていってもらうのは、その前にしてもらうつもりだった。

「私が言っているのは、ゆうべ警官が私を逮捕しにやってきたことよ」

「たしかにあれはスリル満点の話だったから、イギリスに帰っても、友達に話す価値は充分あるだろうね」ドミトリはいやみを言ってから、テーブルの上のコーヒーポットを手にとり、自分のカップにコーヒーをついだ。

リリーはむっとした。「私がゆうべのことを楽しんだと思っているなら、残念ながら、たいへんな思い違いよ。思い出したくもないわ」

彼女を挑発して楽しんでいる場合ではないと、ドミトリもわかってはいた。しかし、昨夜は満足に眠っていなかったから、それほど寛大な気持ちにはなれなかった。

昨夜キッチンに戻ってきて、リリーがすでに二階に消えてしまっているのに気づいたとき、ドミトリはふたたび欲求不満に陥った。結局、自分の寝室に戻ったときにはすっかり目が冴《さ》えてしまい、眠ることができなかった。しかたなくまた点滅するかもしれない非常ランプを気にして、彼は寝室のセキュリティパネルを見つめていた。やっとうとうとしかけてからも、だれかが屋敷の中をこっそり歩きまわっている足音が聞こえるような気がして、神経は休まらなかった。

ところが、朝になってキッチンに下りてきてみると、当のリリーは平然とテーブルについて、朝食をとっているではないか。睡眠も充分にとったような顔をしていて、まともに寝ていないドミトリの腹立たしさはつのる一方だった。

「なんとでも好きなようにすればいい」ドミトリは同情のかけらも見せずに言った。「ガラスを修理しに業者がもうじきやってくるはずだが、作業をしてもらっているあいだ、僕はあちこち電話をかけるところがある」

「フェリックスとクラウディアのことで?」リリーが即座に尋ねた。

ドミトリの顔つきが厳しくなった。「残念ながらそうだ。フェリックスからはまだなにも言ってこないんだね?」

「ええ」正直なところ、リリーもだんだん弟に腹が立ってきていた。フェリックスは黙って姿を消しただけでなく、携帯電話に残したメッセージを聞いたかどうか確かめようとさえしていない。今朝起きてすぐ、今日はクリスマスイブだと気づいたけれど、リリーは少しもうれしくなかった。

「窓ガラスをとり替えてもらうのに、たいして時間はかからないはずだから、そのあとでホテルに送っていくよ。もっとも、君がそのほうがよければ、だが」

「ええ。もちろん、そうしてほしいわ」ドミトリのほうから肝心な話を持ち出してくれたので、リリーは椅子の上で背筋を伸ばした。「でも、タクシーを呼んでもかまわないのよ。あなたに迷惑をかけたく

ないから……これ以上の迷惑は」リリーが言い直す
と、ドミトリがおかしくもなさそうに笑った。
　彼は笑顔を引きつらせて言った。「べつに迷惑で
はない」
　リリーはかすかなほほえみを浮かべて、ドミトリ
を見た。「私がいなくなると思うと、うれしくてた
まらないでしょう?」
「そのとおり」
　まあ……でも、売り言葉に買い言葉ってことよね。
「出発するまで、ここで私になにかできることはな
いかしら?」
　ドミトリが冷ややかな目をリリーに向けた。「た
とえば?」
「電話をかける手伝いをするとか……いいえ、でき
ないわね。私はイタリア語が話せないから。でも、
なにかできることがきっとあるはずだわ」
　唇をゆがめ、ドミトリが皮肉めいた笑みを浮かべ
る。「これといって、僕にはなにも思いつかないね」
　リリーは、自分がまったくの邪魔者になったよう
な気がしてきた。けれど、そのとおりなんだわ。
　ドミトリが私を早く追い払いたいと思うのは、当
然のことなのだ。最初はフェリックスと連絡をとる
ために必要な存在だったとしても、今は重荷になっ
ているだけなのだから。そのせいで昨夜は昨夜で、
警備会社と警察まで駆けつける騒ぎになったし、今
日は今日で、業者が窓ガラスをとり替えるまで彼は
どこにも行けない。
　だけど、私だって、早くこの屋敷から出ていきた
いんじゃない?
　そのことは昨夜、暖かくて気持ちのよいベッドに
横たわりながら考えていた。そして今朝も、キッチ
ンに下りてきて自分の朝食を準備しながら、答えを
さがしていた。それでも、本当の気持ちはわからな
かった。

自分の意志に反して屋敷に泊まるように強制されていたのなら、ドミトリが考えを変えてくれて、ついにここから出ていけることになった今、私の望みどおりになったという意味になる。ただし、いったんここを出たら、もう二度とドミトリには会えなくなるかもしれない。

そのほうがいいのよ。そうじゃない？

そこのところが、私にはまだはっきりとわからないのだ。

リリーは椅子から立ちあがった。「私、ここを片づけたら、二階に行って荷物を詰めるわね」ドミトリと目を合わさないようにして、自分の皿とカップをシンクに持っていく。

ドミトリはそんなリリーのうしろ姿を見ていた。体にぴったりしているブルーのセーターはリリーの目と同じ色をしていて、プラチナブロンドの髪は今日も肩と背中をふんわりと覆っている。黒いジーンズは細身なので、彼女が食器洗浄機の前で前かがみになると、セクシーなヒップがいっそう強調された。

こういう心乱される女性には、できるだけ早く目の前から消えてもらったほうがいいのだ。だが意志に反して、リリーの形のいいヒップを見ているだけで、ドミトリはまた興奮してきた。

どうして僕の体は、イギリスから来たこの高校教師にこれほど簡単に、そして強烈に反応してしまうのだろう？　これまで、イタリアでもとびきりの美女たちとベッドをともにしてきた自分が、こんなことになるとは信じられない。

ドミトリも立ちあがった。「業者が来たら、僕は書斎にいるから」それだけ言うと、体の反応を気づかれないうちにテーブルを離れた。

リリーが顔を上げると、ドミトリはもうキッチンから廊下に出ていくところで、ゆっくりと体を起こした彼女は眉をひそめた。きっと私と同じ部屋にいるだけでも、彼にとってはたいへんなストレスなんだわ。

「ガラスの業者が、僕になにか用があるのか？」

「そうじゃないの。業者はまだ窓ガラスをとり替えているところよ」

ためらいながら書斎の入り口まで来たリリーは、マホガニー製の机ごしに冷ややかな視線を送ってくるドミトリを目にして、言葉を続けるのもいやになった。

「私、もう荷物を詰めおわったの」昨日、スーツケースからとり出したものをまた戻すだけだったから、作業には十分とかからなかった。「それで、あなたがあちこち電話をかけてみて、なにかわかったかしらと思って」

「まったくのお手上げだよ」ドミトリはメモをとっていたペンを机の上に放り出した。「友達も知り合いもだれ一人、クラウディアの姿を見ていないし、電話を受けてもいない。それから、ローマ発の飛行機に二人が昨日の朝から今朝までに乗ったという記録もなかった」

「イタリアのほかの空港はあたったの？」

ドミトリが眉をひそめた。「どうしてだ？」

リリーは肩をすくめてドア枠に寄りかかった。

「あなたがローマ発の便を調べることくらい、クラウディアもフェリックスもお見とおしなんじゃないかと思うの。クラウディアの車をわざわざレオナルド・ダ・ヴィンチ空港に乗り捨てて、あなたに発見させたくらいだから。この近くに、ほかに空港はないの？　そこからイタリアの別の町に飛んでいけるような空港は」

ドミトリはリリーの推理に感心して、椅子の背にもたれた。「さっき君が手伝うと申し出たとき、断るべきじゃなかったな」

「どうして？」

「二人で考えるほうがはるかに効率的だからだ」ドミトリは肩の力を抜き、机の上の電話から受話器をとりあげて番号を押した。「どうしてもっと早く気づかなかったんだろう……パオロか？」相手が電話に出ると、ドミトリは早口のイタリア語でしゃべりだした。リリーには残念ながら、ひとことも内容がわからなかった。「そうか、わかった、ありがとう」

ドミトリはゆっくりと受話器を元に戻し、まだドアロに立ったままのリリーを見た。

「二人は昨日、個人所有の飛行場で小型機をチャーターしたあと、ミラノまで飛んでいたよ」

それで、レオナルド・ダ・ヴィンチ空港の搭乗者名簿に二人の名前がなかったのだ。でも、どうしてミラノに飛んだのだろう？「ミラノにはクラウディアの友達か親戚がいるの？」

「いや、いない」ドミトリがまた厳しい顔になった。「だが、僕が今までこのことに気づかずにいたために、二人にミラノ発の便に乗るチャンスを与えてしまったかもしれない」

「でも、ミラノからどこへ行くというの？」

「それはまだわからない」

険しい顔でふたたび電話をかけるドミトリを、リリーは唇を噛《か》んで見ていた。

フェリックスはたいへんな問題を起こしてしまったのだわ。弟が今までに起こした問題の中でも、今回のは最悪だ。ドミトリに居どころを突きとめられたら、フェリックスは永遠にクラウディアに会えなくなるだけでなく、イタリアにもいられなくなるかもしれない。

どうしていいのかわからないまま、リリーはまるでフェリックスの身代わりのようにその場に立ちつくしていた。そのあいだも、ドミトリは早口のイタリア語でだれかに電話をかけていた。

これまでリリーは、自分を哀れむことだけはするまいとがんばってきた。両親を失ってから今日までの八年間は、とにかく生きていくだけで忙しかった。けれど今初めて、自身を少しだけかわいそうだと思った。

今日はクリスマスイブだというのに……。ドミトリはもうすぐ私をホテルに連れていくだろう。そのホテルで、私は一人ぼっちでイブを迎えなくてはいけない。そして明日のクリスマスも同じように過ごすのだ。まさかこんなクリスマス休暇になるなんて……。

「どこに行くんだ？」立ち去ろうとするリリーに気づき、ドミトリが受話器の送話口に手をあてて呼びとめた。

リリーは顔だけを向けて肩をすくめた。「スーツケースを階下《した》に持ってきておこうと思って。あなたの都合のいいときに、いつでも出かけられるように」

この数分間、ドミトリはリリーをホテルに連れていくと約束したことをすっかり忘れていた。その短いあいだに、クラウディアとフェリックスの追跡についに進展があったからだ。だが今、リリーとの約束を思い出すと、あることに気づいた。つまりリリーをホテルに連れていったら、彼女はクリスマス休暇をずっと一人で過ごさなければならないのだ。

「べつに急がなくてもいいんだろう？」

「ええ、急がなくてもいいわ。私、業者さんたちにコーヒーをいれてあげようと思っていたところなの。あなたも飲む？」

「ああ、ありがとう」ドミトリはうれしそうな顔で答えた。

ちょっと喜びすぎたんじゃないのか。いったい僕はどうしたというんだ？　さっきまで、リリーにはここから消えてもらうほうがいいと思っていたのに、本当にいなくなるかと思うと……。

「もしもし……もしもし、スカルレッティ伯爵?」受話器からがなりたてる声がもれ聞こえてきて、ドミトリは電話中だったことを思い出した。

「もう少ししたら、僕もキッチンに下りていく」ドミトリはそうリリーに告げると、椅子をくるりと回転させ、窓の外を見ながら電話の相手と話を続けた。

「もう仕事は終わったのかな?」

それまで笑っていたリリーが驚いてふり向くと、ドミトリがキッチンの入り口に立っていた。窓ガラスの業者が警備会社の社員が言ったジョークを英語に訳してくれたので、いっしょになって笑っていたのだが、表情がたちまち一変する。

「い、いいえ、まだだと思うわ」自分が業者の作業を遅らせていたことに気づいて、リリーは顔をしかめた。

「じゃあ、そろそろ、そっちの二人には仕事に戻ってもらったらどうかな」ドミトリはキッチンの中に入ってきて、窓ガラスの業者と警備会社の社員に厳しい目を向けた。

二人の男はその目を見るなり、飲みかけのコーヒーをテーブルに戻し、そそくさと仕事に戻った。

リリーがさも感心したようにドミトリを見た。「まあ、あなたはこの部屋に何十人いても、そういうことができるのかしら」

「そうだよ、いとも簡単にね」ドミトリはそっけなく答えて、テーブルのところまで来た。「普段はこのキッチンに来ることなどほとんどないのに、どうも昨日からここで時間を過ごしすぎているようだ」

椅子から立ちあがって、リリーはドミトリのためにコーヒーをカップについだ。「私、自分のアパートメントではキッチンで座って過ごすことが多いの」

「座って？　料理はしないのか？」ドミトリはテーブルの反対側の席についた。

　コーヒーを彼の前に置くと、リリーはもう一度椅子に座った。「あら、私だって、料理くらいできるのよ」

「じゃあ、僕の屋敷ではしないことにしているだけだね」ドミトリは熱いコーヒーをブラックで飲んだ。

　リリーはそんな彼をしげしげと眺めた。急に気楽な調子で話をしているけれど、だまされるつもりはない。たった今、私が業者と警備会社の社員と楽しく笑っていたとき、彼は不機嫌だった。

　それは私のせいで仕事が遅れたから？　それとも、なにかほかに理由があるのかしら？

　彼女は肩をすくめた。「私は教師であって、コックじゃないもの」

　ドミトリがうなずいた。「きっととても優秀な教師なんだろうね」

「まあ」リリーは驚いて椅子の背にもたれた。「今のは褒め言葉？」

　ドミトリは顔をしかめた。「これまでぶしつけなことは言ったかもしれないが、君を侮辱したことはないぞ」

「ええ、直接的にはそうね。でも――」

「君の弟のことで、君を責めてもいない！」

「そんな冗談を、私が信じると思うの！」リリーは怒りで顔を真っ赤にした。「それになにをしたとしても、フェリックスは私の双子の弟なのよ。私は弟を愛しているの！」

　また僕たちは喧嘩《けんか》をしている。ドミトリはいらいらしながら思った。さっきはリリーに厳しく言いすぎたと思ったから、ちょっと褒めてみただけなのに。それでも、言ったことは本心だった。とても現実的でまじめなのだから、リリーは優秀な教師に決まっている。

ドミトリはため息をついた。「君ともう一度喧嘩をするつもりはないんだ、リリー」

「だったら、私がここから出ていくまで、いっさい口をきかないほうがいいわね！」リリーが腹立たしそうに彼をにらむ。

顎に力をこめていたドミトリが、頬の筋肉を引きつらせた。「今朝は約束どおり、電話をかけたのか？」

「だれに？」

「たしか、ゆうべの君は、友達のダニーに電話をすると約束していなかったか？」ドミトリはそう言って、黒い眉を上げた。

リリーは眉をひそめた。そういうことを口にしておきながら喧嘩をしないでいられると思っているのなら、とんでもないわ。「あなたがそんなことに関心を持つ必要はないと思うけど」もっとも、ダニーに電話をかけるつもりはなかったし、それをドミトリに教えるつもりもまったくなかった。ダニーとの関係はもう完全に終わったのだ。

「ゆうべ、このテーブルで君とセックスしようとしていたところを、ダニーの電話で邪魔された男としては、当然関心を持ってもいいと思うがね」ドミトリが逆襲に出た。

「お願いだから、声を落としてくれる？」キッチンで働いている二人の男性を意識して、リリーは言った。そのうちの一人は英語がわかるのだ。「あなたが言ったように、あのときのことは完全に〝邪魔された〟のよ」リリーは声をひそめて息巻いた。「だから、あなたに私の友達のことをとやかく言う権利はないわ！」

やはり、電話のことなど口にするべきではなかった。どうしてダニーに連絡しないのかと言いだしたのか、ドミトリは自分でもわからなかった。ただ、さっき二階から下りてきて、男たちの声にまじってリリーの笑い声が聞こえてくると、心穏やかではいられなかった。僕と二人でいるとき、リリーがあんなふうに楽しそうに笑ったことはなかったからだ。

ドミトリは目を細くした。「だったら、僕にはどういう権利があるんだ？」

「権利なんてなにもないわ。そんなものなんて、まったくない」リリーはまだ怒りで頬を真っ赤にしている。「そんなことより、あのあと、電話をかけてなにかわかったことを教えてくれない？」

リリーが急にクラウディアとフェリックスのことに話題を変えた理由が、ドミトリにはよくわかった。たしかに、ダニーのことで言い争いをしても意味がない。だが、もしダニーからの電話で邪魔をされていなければ、昨夜僕はこのテーブルの上で本当にリリーの体を奪っていたのだ。

欲求不満から、僕は彼女にあたっているのだろうか？　たぶん、そうだろう。いつも冷静で理性的な僕がとる態度ではない。

「ドミトリ、なにかわかったの？」

テーブルごしに怪訝《けげん》そうな顔でこちらを見ているリリーに、ドミトリは視線を戻した。「クラウディアはミラノの空港で運転手つきの車を借りていた。しかし、そのあとの行動と、君の弟についてはなにもわかっていない」彼は厳しい面もちで告げた。

リリーはため息をつき、椅子の背にもたれた。

「じゃあ、二人ともまだミラノにいるかもしれないのね」

「いや、いないかもしれない」

そんな……。

二人がどこにいるかわかったら、リリーは弟の首を絞めてやりたかった。もっとも、ドミトリに先を越されなければ、の話だけれど。

9

「私、こんなところに泊まるお金なんてないわ！」

ドミトリが黒いスポーツカーをとめると、リリーは車の窓からいかにも最高級と思われるホテルを見あげて甲高い声を出した。

ホテルはドミトリの屋敷から、わずか数キロの距離にあった。しかしそれほど短いあいだ走っただけでも、ドミトリがほかのイタリア人たちと同じくらい、信号やほかの車やバイクの存在をまったく無視して運転するのがよくわかった。

そんな乱暴な運転にもかかわらず、リリーはスポーツカーを操るドミトリの隣に座り、なんとか無事にホテルの前までたどり着くことができていた。だが、ドアマンやポーターが洗練された旅行者たちのスーツケースを運ぶためにガラス製のドアを出入りしているのを見たとたん、吐き気がしてきた。

「君がホテル代を払う必要はない」ドミトリがそう言ってスポーツカーから降り、リリーの側にまわってきてドアを開けた。「当然、僕の客として泊まってもらうんだから」ドミトリがそう言っても、リリーは車から降りようとしなかった。

「当然ってなによ」リリーは頑として言い張った。「このホテルだろうが、どのホテルだろうが、私はスカルレッティ伯爵の客として泊まるつもりはないわ。自分のホテル代くらい自分で払うから、ほっといてちょうだい」

きかん気なリリーの顔を見ているうちに、ドミトリは腹を立てるどころか、むしろ本気で怒っている彼女をほほえましく思った。「せめて中に入って部屋を見てみないか？」彼はやさしく誘った。

「そんなことをしても意味がないわ。泊まるつもりはないんだから」豪華なホテルを見あげて、リリーは勢いよく首を横にふった。「あなたがホテルへ連れていくと言ったとき、まさかこんなホテルだなんて思っていなかったのよ。これじゃリッツ・ホテルのローマ版じゃないの」

ドミトリは笑いださずにいられなかった。「これくらいのもてなしはさせてくれ。お願いだ、リリー」彼は開けた車のドアのかたわらにしゃがみ込み、リリーの両手をとった。「これまで僕がとった、失礼な態度のお詫《わ》びをしたいんだよ」

ずるいわ。哀れっぽくほほえんで、まるで少年のように哀願するなんて。それに、こうやって手をとられていると、腕までぞくぞくしてくる……。

「言葉であやまってもらえば充分よ」

「今の言葉がそうだよ」

「ずいぶんお金のかかるあやまり方をするのね」

「本当に、ちょっとだけ中を見てみないか？」

ドミトリがこれほど魅力的に見えるときに、ノーと言える女性がいるだろうか？　少なくとも、リリーには言えそうもなかった。

リリーがつかまれていた手を引っ込めると、ドミトリは立ちあがり、彼女が車から降りられるようにうしろに下がった。

「中を見ても、泊まると決めたわけじゃないのよ」

リリーは、車のトランクからスーツケースをとり出しに行くドミトリに言った。「こういうホテルに泊まって、私が快適に過ごせるはずないんだから」

「ところが、その快適さでこのホテルは有名なんだよ」ドミトリはとり出したスーツケースをポーターにまかせて、リリーの腕をとった。

ホテルのロビーに入っただけで、ドミトリの言葉に間違いはないのがわかった。床と柱にはドミトリの屋敷のものとよく似た大理石が使われ、ローマの街の喧噪《けんそう》をまったく感じさせないところもそっくりだった。

ロビーには十人ほどの旅行者がいた。フロントデスクのあたりにたたずんでいる人もいれば、肘掛け椅子に座って新聞を読んだり、地図を見たりしている人もいる。リリーとドミトリがロビーの中を歩いていくと、その全員の視線がいっせいにドミトリに集まった。彼が罪つくりなほどハンサムで、イタリア人にしてはかなり背が高く、いかにも尊大そうだからだろうか。

そうじゃないわ。自分の隣を歩くドミトリを見あげて、リリーは思った。ドミトリは尊大なわけではない。尊大と言うと、思いあがっていて他者に対するさげすみが感じられるけれど、そういうところは彼にはない。たしかに強引なところはあるし、自分の能力にも自信を持っているけれど、初めて出会ったときのようなよそよそしく冷淡な態度でさえ、もう私には見せなくなっている。

困ったことに、リリーはドミトリのことがなにからなにまで気になってしかたがなかった。だから、ロビーにいる女性たちがもの欲しそうな目をドミトリに向けているのが、おもしろくなかった。

ああ、彼のことを気にしすぎだわ。私にはまったく手の届かない存在だというのに。

それでも、ドミトリともう会えなくなるかと思うと、リリーは寂しかった。そして、フロントに近づくにつれ、その別れは意外に早くやってきそうだと思い知った。

「こんにちは《ボンジョルノ》、シニョール」フロントデスクまで来ると、とびきり美しい受付嬢がドミトリを見てにこやかに挨拶した。だが、そのあとのイタリア語がさっぱりわからなかったので、リリーはロビーを眺めていた。

ロビーの片隅には、キリスト降誕の場面が再現されていた。別の隅には、二メートルを超える大きなクリスマスツリーが金と銀のリボンで飾りつけられ、その下には銀色の紙に包まれたプレゼントがいくつも置かれてある。その光景を見たリリーは、フェリックスと自分が子どものとき、家に飾ってあったクリスマスツリーをなつかしく思い出した。

ツリーにする木はいつも父が買ってきて、色とりどりの豆電球をつけてくれた。ほかに飾るものといえば、リリーとフェリックスがつくったものや、母といっしょに焼いた天使や星の形をしたジンジャーブレッドをぶらさげる程度だった。ツリーの下に置いてあるプレゼントも、たいていサンタクロースや雪だるまが描かれた安物のけばけばしい包装紙に無造作に包まれていた。それでも家のクリスマスツリーには、ホテルのロビーを彩る豪華で洗練されたツリーにはない、家庭的な温かみがあった。

家族で過ごしたクリスマスを思い出して、リリーの目には涙がにじんできた。みんなで祝ったそのひとときは、豪華だけれど温かみのないホテルに泊まり、たった一人で過ごすかもしれないクリスマスとはまったく違っていたからだ。

ドミトリは手続きをすませてカードキーを受けると、険しい顔をしてうしろをふり返った。というのも、ホテルに入ってきたとき、ロビーにいる男たちの視線がいっせいにリリーをとらえたことにまだ気分を害していたからだ。ジーンズと厚手のジャケットを着ていても、リリーのきれいなプラチナブロンドの髪を見て、ここにいる目の肥えた男たちは興味を引かれたらしい。

だが、ドミトリの顔はすぐ心配そうに曇った。リリーの顔を横からのぞき込むと、金色の長いまつげには涙が光っている。「リリー?」

リリーはドミトリのほうを向き、はなをすすって明るい表情を浮かべた。「終わったのかしら?」

その笑顔を目にしても、ドミトリはだまされなかった。それでも黙ってうなずき、リリーの腕をとってエレベーターへと導いた。「クラウディアとフェリックスがどこにいるにしろ、二人とも無事でいるのはたしかだよ」鏡張りのエレベーターに乗り込みながら、彼はやさしく言った。

「まあ、そんなことなら、ちっとも心配していないわ」今度のリリーのほほえみは本物だった。

ドミトリはいぶかしげにリリーの顔を見た。「じゃあ、なにを心配しているんだ？」

そうね、私はなにを心配しているのかしら？　もうすぐ、ドミトリと別れなければならないこと？ここで別れを告げたら、もう二度と会うことはないかもしれない。クラウディアが無事に戻ってきたら、ドミトリはフェリックスも私も、決して屋敷には近づかせないに違いない。

そう思っただけで、リリーは悲しくなった。

でも、そんなことを考えるのはばかげている。リリーはすぐに考え直した。たしかに、尊大な独裁者という最初の印象は今ではすっかり薄れているけれど、それでも彼は大富豪の伯爵で、大勢の洗練された美女たちとつき合ってきた男性なのだ。妹が駆け落ちした一件が片づいたら、イギリスで高校教師をしている、今では忌み嫌うようになった男の双子の姉のことなど、すぐに忘れてしまうだろう。今回のような事態にならなければ、私の存在には気づいてもいなかったのに決まっているから。

「べつに、なにも心配していないわ」リリーが平静を装って答えたとき、エレベーターがとまり、二人は絨毯《じゅうたん》を敷きつめた廊下に出た。

まあ、このホテルは香りまで高級なんだわ。緊張しながら、リリーはふかふかの絨毯を踏んで、ドミトリといっしょに廊下を歩いていった。廊下のあちこちに置いてあるアンティークのテーブルの上にはきれいな花が生けてあり、そこからいい香りが漂ってくる。クリーム色の壁紙には上品な模様が描かれ、かけてある絵はみんなレプリカではなく、本物と思われた。

そして、ドミトリにうながされて入ったスイートルームはというと……。

まずドアを入ってすぐのところにある居間のすばらしさに、リリーは目を奪われた。置いてある家具調度は明らかに高級アンティークで、テーブルとサイドボードの上には黄色い薔薇《ばら》が飾られており、革張りのソファの前のコーヒーテーブルの上には、果物が器に入れて置いてある。天井からはカットガラスのシャンデリアが下がり、そのさらに奥にある寝室も豪華そのものといった感じだ。

「私、やっぱりここに泊まるわけにはいかないわ」

リリーは尻込みした。

「ちょっとバルコニーに出て、外の景色を見てごらん」ドミトリはバルコニーに向かって歩いていき、ドアを開けてリリーを待った。

おとなしく言われるままに歩いていったリリーは、バルコニーから外に出たとたん息をのんだ。眼下に、歴史と荘厳な美しさを誇るローマの街が広がっていたのだ。あれはきっとテベレ川で、その向こうに見えるのはサン・ピエトロ大聖堂じゃないかしら。

自分の知識が正しいかどうか尋ねようとしてふり返ったけれど、ドミトリは部屋の中に戻っていて、スーツケースを運んできたポーターにチップをわたしていた。

リリーはバルコニーの手すりに寄りかかり、壮麗な建物や風景を眺め、街の音に耳をすました。その瞬間、この美しい街に恋をしている自分に気づいた。ちょうどこの街で出会った、魅力的な男性に恋をしてしまったように……。

いいえ、とんでもないわ！　決して手の届かない存在であるドミトリ・スカルレッティ伯爵に、私が思いを寄せるわけがないでしょう？

「本当にきれいだと思わないか？」ドミトリがバルコニーに戻ってきてささやいた。しかしローマの街のことを言ったつもりだったのか、それとも彼に背を向けてバルコニーの手すりにもたれている女性のことを褒めたつもりだったのかは、自分でもわからずにいた。リリーのプラチナブロンドの髪は日差しを受けてまるで後光のようにきらめき、細い肩にさらさらと流れ落ちるようすは金色の滝みたいだった。

「ええ、とってもきれいだわ」ふり返らずに、リリーはうわずった声で答えた。

少し前に出たドミトリが、両手を軽くリリーの肩に置いた。だがリリーが体をこわばらせるのに気づくと、すぐに手を下ろした。「それでも、君はここに泊まりたくないのか？」彼はそう言って、リリーと並んで立った。

困ったようにリリーがドミトリの横顔を見る。「もし泊まらなければ、あなたの親切にそむくことになるのかしら？」

ドミトリはその顔を見つめ返した。「そんなことはないが、ここにいれば君は安全で快適に過ごせるから、僕は安心していられる」

リリーは驚いた。「そうなの？」

彼女を見つめたまま、ドミトリが目を細くした。「そうだよ」

息もできず、頭がぼうっとしてきたけれど、リリーはドミトリの淡いグリーンの目を見つめつづけた。たとえ命にかかわるとしても、目をそらせそうになかった。

いけない。こんなことをしていては、本当に危険だわ。

彼が私のことをあれこれ心配してくれるのは、フエリックスがクラウディアと駆け落ちしたせいなのだ。それとも、それだけじゃないの？

「会社がクリスマス休暇に入る前に、僕にはすることがあるが」リリーがどうしてもこのホテルに泊まらないと言い張る前に、ドミトリは急いで言った。「七時までにはここに戻ってくるつもりだ。もっとも、君が僕といっしょに夕食をとってくれるなら、だがね」

「なんですって？」リリーは目をまるくしてドミトリを見た。ということは、まだ彼にさよならを言わなくてもいいの？

ドミトリがほほえんだ。「夕食に誘って、そういう顔をされたのは初めてだな」

ええ、そうでしょうね。だって、食事に誘った女性はだれ一人として、彼の妹と駆け落ちした男の姉ではないのだから。

リリーは首を横にふった。「私を食事に誘ったりして、あなたの大事な時間を無駄にすることはないわ」

「べつに、無駄になるとは思わないが」ドミトリが気を悪くして顔をしかめた。

「食事に誘ってもらえたことは、ありがたいと思っているの」

「本当に？」

「ええ。でもクラウディアがいなくても、親戚とか友達とか、あなたがクリスマスをいっしょに過ごしたい人がいるんじゃないの？」

ドミトリは肩をすくめた。「残念ながら、だれ一人思いつかないね」

「でも――」

「リリー、さっき君も言ったように、今夜はクリスマスイブなんだ。君も僕も、一人で過ごさなくてもいいと思うんだが」ドミトリは腹立たしさが顔に出るのをどうすることもできなかった。リリーにも自分にも腹が立っていたのだ。リリーに対しては食事に誘っても素直に喜んでくれないからで、自分に対してはどうして食事に誘うようなばかなまねをしてしまったのだろうと後悔していたからだった。

リリーとはさっさとこのホテルで別れて、すべての責任から解放されるほうがよほど楽なはずだ。そうすれば、このあと会社でしばらく仕事をして屋敷に帰り、引き続きクラウディアとフェリックスの行方をさがすことができる。

たしかに、そのほうが楽なのだが、問題はそうするのが彼の望みではないことだった。

ドミトリは、ホテルのロビーにいた男たちの貪欲な目つきがまだ気になっていた。リリーがこのあと一人でロビーに下りていったら、魅力的なプラチナブロンド美人である彼女に、あの男たちが声をかけないはずがない。まずなにか飲みませんかと誘い、たぶんそのあとで食事にも誘うだろう。今は警戒心が強くなっているリリーのことだから、きっと断るに違いないが、それでもやはり……。

あんな男たちといっしょにいるよりも、僕と食事をするほうがずっといい。

それに、ドミトリにしてもそのほうがずっとよかった。リリーがロビーにいただれかと楽しそうに話をしているのを想像しながら、一人で屋敷にじっとしていたくはなかった。

彼はすっと背筋を伸ばした。「もっとも、君が一人でいたいというなら――」

「そんなことは言っていないわ」リリーはあわてて言った。まだ驚いてはいたけれど、今夜はだれよりもドミトリといっしょにいたかった。おまけに、なんといっても今夜はクリスマスイブなのだ。「でも、まだこのホテルに泊まると決めたわけじゃないのよ」

ドミトリが片方の眉を上げた。「だけど、そうすることにしてくれるんだろう？」

「そうね……ひと晩だけなら」リリーはしかたなく折れた。「でもそれは、ここよりもっと……高級でないホテルをさがすために、あなたにこれ以上大切な時間を使わせたくないからだわ」

「そのとおりだ」リリーが泊まると言ってくれて、ドミトリはほっとした。「じゃあ、七時でいいかな?」

「ええ。それから、食事はこのホテルでとるの? それとも街のレストランに行くの?」リリーは持ってきた服を急いで思い浮かべた。ドミトリと食事に出かけるときに着ていけるような服があったかしら?

ドミトリは少し考えてから答えた。「そうだね、もう一日半もローマにいるというのに、君はまだ街をなにも見ていないから、外に食べに出かけたほうがいいだろう。暖かい格好をしたほうがいいよ」

ということは、あの短い黒のワンピースじゃだめってことね。

そのワンピースは、フェリックスがディーを紹介したあと、みんなで食事に出かけようと言いだすかもしれないと思って、最後にスーツケースに詰めた一枚だった。

でも、赤いウールの暖かなカーディガンもスーツケースには入っている。これまでジーンズかスラックスしかはいていないから、私にも脚があるってことを、そろそろドミトリに教えてあげてもいいころかもしれない。せっかくすてきな脚をしているんだから。少なくとも、これまでデートをした相手はみんなそう言って褒めてくれた。

まあ、デートですって?

これはデートなんかじゃないの。ドミトリはローマに一人でいる私のことを、かわいそうだと思ってくれているだけなのよ。

「じゃあ、またあとで」ドミトリがリリーの手をとって口元へ持っていった。淡いグリーンの目でリリーの目をとらえたまま、手の甲にしっかり唇をつけてから手を放し、部屋の中へと戻る。そのあとすぐ、廊下に出るドアが閉まる音が静かに聞こえた。

リリーはバルコニーに立ちつくしていたが、もはやローマの街の美しい景色を見るどころではなかった。ドミトリの唇がふれたところがぞくぞくしてきて、自分の手しか目に入らなかった……。

「なんておいしいの！」リリーはジェラートをスプーンですくっては、せっせと口に運んだ。さわやかなレモン味のジェラートは、ドミトリが買ってくれたものだ。店の人から、コーンに入れるとせっかくの風味が損なわれると言われたので、カップに入れてもらっていた。

ドミトリがうなずく。「よかった。気に入ってもらえて」

最高に楽しい夜だった。食事をした小さなレストランは、雰囲気も食事もすばらしかった。そのとき飲んだ赤ワインのせいで頬をピンク色に染めながら、リリーはクリスマスイブのローマの街をドミトリと散歩していた。

二人はまず大勢の人でにぎわう通りを、ネプチューンの噴水で有名なナヴォーナ広場まで歩いた。広場ではクリスマスマーケットが開かれていて、街のあちこちで見かけたのと同じ、キリスト生誕の場面を描いた木彫り細工が売られていた。色あざやかなメリーゴーランドからは、子どもたちの楽しそうな笑い声も聞こえている。

出店をひととおり見おわると、またぶらぶらと歩き、今度は楽しそうにスケートをしている人たちを眺めて楽しんだ。

とてもすてきでロマンティックな夜だった。おいしい食事でおなかをいっぱいにして、もうこれ以上なにも食べられないと思っていたリリーを、ドミトリはローマでいちばん有名なジェラート店に連れていった。そしてリリーにはレモンジェラートを、自分にはチョコレートジェラートを注文したのだった。

ジェラート店に来るまで、リリーはドミトリをずっと意識しどおしだった。あまりにすてきな彼はカジュアルなグレーのスラックスをはき、同じくグレーのタートルネックのセーターの上に、黒のスウェードのジャケットを着ていた。黒い髪は風に吹かれて少し乱れている。そしてほかのイタリア人男性よりも十センチほど背が高いこともあって、ひときわ人の目を引いた。

レストランでも通りでも、女性がみんなドミトリに熱い視線を向けるのに、リリーは気づかずにはいられなかった。ドミトリはそんな注目をほとんど無視していたようだが、女性たちが心の中で考えていることには想像がついた。あの男性はとてもすてき

だけど、ベッドの中ではどうなのかしら？　強引で激しい？　それともやさしく愛してくれるの？　もしかして、その両方とか？

気がつけば、リリーも同じことを考えていた。

二十六歳の今日まで、私はたった一度の、それも不首尾に終わったベッドの経験しかない。だからベッドの隣に横たわるドミトリと、彼を受け入れる自分と、想像するだけで実際には味わったことのない女としての喜びばかり考えてしまう。

ああ、私、もっとジェラートが必要だわ！

このおいしいジェラートをたくさん食べて、頭を冷やしたほうがよさそう。

けれど視線だけを上に向けて、ドミトリが唇についたアイスクリームをなめているのを見ていると、その舌で自分の肌にもふれてほしくて、リリーの体は熱くなった。

ドミトリが空になった二人分のジェラートのカッ

プと紙ナプキンをごみ入れに放り込み、リリーのほうを向いた。しかし、ジェラートでリップグロスがとれてしまったリリーの唇を見ると、彼は目がそらせなくなってしまった。なにもつけていないふっくらとした唇は、あまりにセクシーだった。

「もうすぐ午前零時だから、このあとどこに行くのか決めたいんだが」間近にいるリリーの体を意識しているせいで、ドミトリの言い方はどうしてもぶっきらぼうになった。

リリーは彼の言葉を明らかに真に受けたらしい。

「まだ帰らなくていいの？　親切なあなたのおかげで、もう充分ローマの街を楽しませてもらったわ」

「これは親切でしていることじゃないよ、リリー。僕の街を自慢したかったんだ」ドミトリは明るく言ったが、本当は興奮を抑え込むのに必死だった。

その状態は、ホテルの部屋にリリーを迎えに行き、膝丈の黒いワンピースを着た彼女がドアを開けたときから続いていた。ワンピースは胸から腰をきれいに見せていて、スカート部分からは形のいいほっそりした脚が伸びていた。小さい足にはヒールが五センチほどの、ストラップがついた黒いパンプスをはいていたし、プラチナブロンドの髪は黒いドレスに映えて明るい銀色にきらめいていた。そのうえ、今夜のリリーは少しだけメイクをしていた。ブラウンのマスカラで長いまつげを強調し、ベリーレッドのリップグロスをつけた唇は、ドミトリとエレベーターに向かうとき、彼女が華奢《きゃしゃ》な肩にはおったカーディガンの色と同じだった。

あのときドミトリは、リリーの唇にキスをして、赤いリップグロスをぬぐい去りたい衝動を抑えるのに必死だった。だが、グロスがついていない今も、彼は同じ衝動と闘っていた。

リリーがドミトリの顔を見あげて尋ねる。「このあとに行くところって、たとえば？」

ドミトリは肩をすくめた。「サン・ピエトロ広場では、午前零時から恒例のクリスマスミサがある。それとも月明かりの中、ライトアップされたトレビの泉を見に行こうか?」

答えは考えるまでもなかった。ドミトリのようにすてきな男性といっしょに、月明かりの中でトレビの泉を見たくない女性などいるはずがない。でも、こんなにドミトリを男性として意識しているときに、そんなことをするのは危険だわ。それに、私だけで決めていいことでもない。

「私はどちらでもいいわ。あなたが行きたいほうに行きましょうよ」リリーは答えた。

ドミトリがほほえんだ。「真夜中のクリスマスミサにはこれまで何度も行ったことがあるが、月夜のトレビの泉も、ライトアップされたトレビの泉も、僕はまだ見たことがないんだ」

「本当に?」

リリーの驚いた顔を見て、ドミトリがさらにほほえんだ。「そうだよ。どんなにすばらしい名所でも、近くに住んでいると、なかなか行ってみようとしないものだからね」

「そうね」リリーは苦笑した。「私もロンドンでは行ったことのない場所がたくさんあるわ」

「だろう?」ドミトリはリリーの腕をとって、混雑した通りをトレビの泉に向かって歩きだした。

しばらく歩くと、水の流れ落ちる音が聞こえてきて、その音のするほうに曲がると、いきなり目の前に壮観なトレビの泉が現れた。泉の縁では、大勢の恋人たちが肩を抱き合って、照明に照らされたペガサスと男の人魚のあいだを流れ落ちる水に見入っている。

「こんなにすてきだなんて!」リリーは、泉と彫像のすばらしさに感動して叫んだ。

ドミトリにとってこの泉は、美しさよりも壮大さが勝っているように思われて、ローマの数ある名所の中でも特に好みというわけではなかった。だが今、こうしてリリーといっしょに眺めていると、ここには否定しがたい独特の美しさがあるような気がした。

「コインを投げて、願いごとをするか？」

泉に見とれていたリリーが、照明のせいで半分陰になっているドミトリの顔を見あげた。「あなたもするのなら、してもいいわ」自分がいつの間にか旅行者気分で興奮しているのに気づき、冗談めかして言う。

「願いごとなんて、これまで一度もしたことはないが……」リリーの腕を放したドミトリが、スラックスのポケットからコインを何枚かとり出し、てのひらにのせて彼女に差し出した。

リリーは一ユーロ硬貨を一枚とり、ドミトリも一枚とるのを待ってから、泉に背を向けた。

「いい？　一、二、三！」願いごとを心の中でつぶやいたあと、二人で、二枚の硬貨を弧を描くように投げる。それから二人で、澄んだ青緑色の水の中に沈んでいくのを眺めた。

そのときを待っていたかのように、ローマの街じゅうの鐘が鳴り響き、午前零時を知らせた。

「フェリーチェ・ナターレ、リリー」最後の鐘が鳴ると、ドミトリがリリーを見て言った。「メリークリスマス、リリー」それから、かすれた声で英語に訳した。

「フェリーチェ・ナターレ、ドミトリ」リリーはドミトリの引き込まれてしまいそうな淡いグリーンの目を見つめ返した。

ドミトリが両手でリリーの腕にふれ、その手を下にすべらせていって彼女の両手をつかむと、顔をゆっくり近づけて唇にキスをした。

胸が苦しくなり、リリーの全身が小刻みにふるえだす。

両手でドミトリのジャケットの襟をつかんで体を支えたあと、リリーはその手を上に伝わせていって広い肩をつかんだ。ドミトリがリリーのウエストに両腕をまわしてぴったり抱き寄せると、二人のキスは深く激しくなっていった。

どんなにそうしてほしくても、リリーはまさかドミトリがまたキスをしてくれるとは思っていなかった。それでも、今夜は話す言葉の一つ一つや、しぐさの一つ一つに、キスをしてほしいという思いをこめていた。

こうしてドミトリとぴったり体を重ねていると、その切なる思いが熱い欲望となって燃えあがった。二人は唇を開き、たがいの舌を受け入れて、むさぼるようにキスを続けた。体にふれる熱い高まりは、ドミトリも同じくリリーを求めている証拠だった。

やがて、ドミトリがキスをやめて額と額を合わせたとき、二人とも荒い呼吸を繰り返していた。

ふるえているリリーに気づいて、ドミトリが眉をひそめる。「寒いのか？」

「私、寒くてふるえているんじゃないの」リリーはうずく体を意識しつつ答えた。

「だが、もうこんなに遅い時間だから」

「考えようによっては、とても早い時間とも言えるわ」リリーはからかうように言って、かすかにほほえんだ。

ドミトリの目がきらめく。「僕が君を欲しいことはわかっているね？」

正直な言葉を聞いて、リリーの背筋にふるえが走った。「ええ」おたがいに求めているのは明らかなのに、気がついていないふりをしても意味はなかった。

「もう一度、僕の家に来てくれないか？」ドミトリはやさしく誘った。「僕といっしょに屋敷に帰って、泊まってほしいんだ。今度は君自身の意志で」

心の中にともった炎が一気に大きくなった気がして、リリーはきれぎれに息をしながらドミトリを見つめた。彼の言っていることが、なにを意味するかはわかっていた。その言葉どおりにした場合、自分がなにを受け入れることになるかも。二人の欲望はあからさまで、トレビの泉に絶え間なく流れ落ちる水のように、手でふれられる気さえした。

もしドミトリといっしょにこれから彼の屋敷に行けば、二人はベッドをともにすることになる。つまり、明日のことはなにも考えずに一夜を過ごすことになるのだ。

なぜなら二人にとって明日はなく、あるのは今夜だけだから。

それでもリリーはそうしたくてたまらなくて、体のうずきを抑えられなかった。

乾いてきた唇を湿らせて答える。「ええ、泊まるわ」

ドミトリの目が熱をおびて、くすんだグリーンになった。「本当に?」

「ええ」リリーはむせそうになりながら笑い、もう一度答えた。こんなに大胆になれる自分が不思議だったけれど、ほかの答えは考えられなかった。

私はこのロマンティックなローマの街に、これまで会ったこともないほどすてきな男性といっしょにいる。そして、熱いキスと燃えるようなまなざしと高まっている体から判断して、その男性はまぎれもなく私を求めているのだ。

こんなことは、今まで私の人生には一度も起こらなかった。

そして、これからも決してないに違いない。まるでさっきトレビの泉でした願いごとが、本当に叶《かな》ったかのようだわ……。

10

手をつないでドミトリの屋敷まで歩いて帰るあいだ、リリーは幸せすぎてなにも考えられなかった。ところが、両開きの大きな門についている小さな扉を開けるために、ドミトリが暗証番号を入力すると、彼女は急にふるえだした。

そのふるえは、手を握っていたドミトリの手にも伝わっていたはずだ。

私、怖くなったの？

いいえ、そうじゃない。

でも……。

突然、心配になってきたのだ。ドミトリが欲しくないわけではない。自分について、気がかりなことがあるのに気づいてしまったからだ。

三十代なかばくらいに見えるドミトリは、これまで何人もの美しい女性とベッドをともにしてきたに違いない。でも私はというと、そういう経験は学生時代に一度しかなかったし、しかもそのときは不満足な結果に終わった。たぶん、おたがいに初体験だったせいで、うまくいかなかっただけかもしれない。しかし、ドミトリのような男性と一夜を過ごすには、やっぱりあまりにも経験不足だ。

「君がやめておきたいなら、今からでもホテルに送っていってもいいんだよ」二人はすでに玄関の明るい照明の下にいたから、うろたえているリリーにドミトリが気づかないはずがなかった。

リリーは大きく息をのみ込んでから答えた。「中に入る前に、知っておいてほしいことがあるんだけど……あなたを失望させたくないから……。私……私は……」

「リリー?」ドミトリは彼女の気持ちを察したかのように、両手をとって顔をのぞき込んだ。「こういうことをするのは初めてなんだね?」

「いいえ、そうじゃないの」リリーはもどかしそうに首を横にふった。「初めてじゃないの。でも一度だけで、何年も前だったし……うまくいかなかったの……。だから、あなたもがっかりさせてしまうかもしれないと思って……」彼女は絶望したような顔でドミトリを見あげた。「あなたはきっと、こういうことに慣れた魅力的な女性たちとしかつき合っていないんでしょう? だけど、私は——」

「君はとても魅力的な女性だよ」ドミトリはかすれた声で彼女の言葉をさえぎった。

リリーは頬を赤らめた。「それは本当かどうかわからないけど……経験はたりないわ」

そう告げられて、ドミトリががっかりするとリリーが思っていたとすれば、とんでもない思い違いだった。リリーに女としての喜びを教えてあげられる最初の男になれると思うと、ドミトリの体は彼女を求めてさらに熱くなった。

同時に、リリーの告白によって、ダニーとの関係をずっと気にしていた心のもやもやも晴れていた。

「リリー」ドミトリは両手で彼女の頬を包み込んだ。「ゆうべと今夜の君のキスからして、僕は決して失望しないと思うよ」

彼女がいっそう頬を赤らめる。「そうかしら」

「ああ、そうだ」ドミトリは笑顔で勇気づけた。「それに、君に合わせてゆっくり進めればいいし、なにもしなくたっていい」

「なにもしないって?」リリーが怪訝《けげん》そうな顔をした。

彼はうなずいた。「そうしたければ、君はゆうべ使った部屋で休んでもかまわないという意味だ」

ドミトリのまっすぐな目を見て、リリーはすっかり安心した。彼が本心から言っているのを確かめ、心から不安が消えると、彼女の体はまたドミトリを求めはじめた。「そうするかどうかは、伯爵用の寝室を見てから決めてもいいかしら？」

ドミトリの目のきらめきが増した。「もちろんだとも」

屋敷の中は相変わらず物音一つしなかったが、リリーはまったく気にならなかった。途中、立ち寄ったキッチンで、ドミトリが赤ワインのボトルのコルクを抜き、グラスを二つとり出した。静まり返った廊下をドミトリの寝室に向かうとき、リリーはむしろ二人だけなのをうれしく思った。

大きな二つの窓から差し込む月の光と、ベッド脇の金色のランプの明かりの中で見る寝室は、見たこともないほど広くて豪華だった。濃い金色の絨毯《じゅうたん》は、パンプスの踵《かかと》が完全に沈み込むほど毛足が長い。窓のそばには低いテーブルと肘掛け椅子が置いてあり、鏡台とクローゼットが一方の壁全体を占めている。そして、大きなベッドは部屋の中央にあった。四隅についている柱からはひだになった金色の布が下がり、そろいの色のベッドカバーの上には、枕と小さなクッションがいくつも並べてあった。

まるで王様の寝室だわ。

とてもイギリスの高校教師の、手の届く人じゃない。

ショルダーバッグを肘掛け椅子の上に置きながら、リリーはまた落ち着かなくなった。

ドミトリが二つのグラスに赤ワインを満たし、部屋の真ん中に突っ立っているリリーのそばに来て、一つをわたした。「フェリーチェ・ナターレ」

リリーは大きな目をさらに見開いて、ドミトリの顔を見あげた。「フェリーチェ・ナターレ、ドミトリ」

ワインを飲みながら、ドミトリはグラスの縁ごしにリリーを見つめた。彼自身はほんの少し口をつけただけだったが、神経質になっているらしいリリーがワインを一気に飲むのを見ると、なんとかしなくてはと思った。

　グラスをリリーの手からとりあげ、二つのグラスをベッド脇のテーブルに置いたあと、もう一度両手で彼女の頬を包む。

「君はとてもきれいだよ、リリー」ドミトリはそうささやいて身をかがめ、彼女の首筋にキスをした。その肌はベルベットのようにやわらかくて、蜂蜜のように甘い味がした。

　それからリリーの頬を両手で包んだまま、形のいい耳にもキスをした。耳たぶをそっと噛《か》んだり、舌でふれたりしていると、リリーの体がふるえだし、息づかいが乱れてきた。

　リリーが両手を上げていき、ためらいがちにドミトリの胸にてのひらを置く。ドミトリがセーターをとおして感じる彼女の手の感触は、蝶《ちょう》の羽ばたきのように軽かった。

　ドミトリは自分の欲望をしっかり抑え込み、リリーの不安を完全にとり去ってから、ベッドでの実際の行為に進むつもりだった。だが、リリーが彼の喉に唇を押しあてると、そんな決意はたちまち崩れ去った。

　リリーの唇を奪い、ウエストに両手をまわして引き寄せ、自分の高まりをぴったり押しあてる。すると、リリーがうめいて唇を開き、二人のキスは深く激しくなっていった。そうしてたがいの舌を受け入れ、相手の体にふれながら、着ている服の上からできるかぎりの愛撫《あいぶ》をつくした。

　リリーの頬は熱くほてり、唇はふくらみ、胸の先端は硬くなってうずきだし、体の奥は熱くうるおっていた。そのとき、ドミトリは唇を離し、彼女を腕に抱きあげて大きなベッドに運んでいった。

いくつもある小さなクッションのあいだにリリーを下ろした彼は、ベッドの脇に立ち、彼女を見つめたままジャケットを脱いで絨毯の上に落とした。

次にセーターを脱ぐと、引き締まった胸と腹筋、そして頼もしい肩と腕が現れた。淡いオリーブブラウンの肌にうっすらと生えているやわらかそうな胸毛は、先細りになってスラックスの中に消えている。ドミトリがそのスラックスのベルトをはずし、靴を脱いでから足元に落とすと、あとは黒いボクサーショーツだけになった。ショーツは体にぴったりと張りついていたから、布地の上からでも男性の証《あかし》が高まっているのがよくわかった。

ドミトリがベッドの上のリリーと目を合わせながら、その最後の一枚を引きおろして床に落とした。リリーははっと息をのみ、眼前に現れた光景に目をみはった。

ベッドの端まで這《は》っていき、ドミトリの高まりをそっと手にとって、口づけする。

「ああ……」ドミトリが喜びのうめきをもらし、リリーの頭をつかんでさらに引きよせた。

彼女によってもたらされた刺激的な行為に、体には熱い血が駆けめぐり、欲望はつのる一方だった。ドミトリはプラチナブロンドの髪に手を差し入れて頭が動かないように固定すると、無意識のうちにゆっくりと腰を前後に動かしていた。

与えられる強烈な快感は想像を超えていて、ドミトリは歯を食いしばって耐えていたが、そろそろ我慢の限界が近づいてきた。

「もういい、リリー、ちょっと待ってくれ」ドミトリはかろうじて声を出すと、うしろに下がった。「こんなことをしていたら、始めないうちに終わってしまうよ」リリーががっかりした顔をすると、さらに言う。「それに、僕は君の体をまだ味わってもいないんだ」彼はリリーを助け起こし、ベッドの上に両膝をつかせた。

それからリリーの首にキスをしながら赤いカーディガンを脱がせ、背中のファスナーを下ろして黒いワンピースから肩をあらわにし、ウエストまで落とした。

だが、予想していたブラジャーはなく、いきなり形のよい小さな胸が現れた。その薔薇《ばら》色の先端はすでに硬くなって、ドミトリの唇を求めていた。

ドミトリがリリーの胸に交互に口づけするたび、彼女は荒い息をもらして彼の頭を抱き締め、体を弓なりにそらした。次に一方の胸を手で包み込みながら、もう一方の胸の先端を口で愛撫する。リリーの小さなあえぎ声が、どうすればいちばん感じるかをドミトリに教えてくれていた。

だが、それだけではドミトリは満足しなかった。

彼は黒いワンピースをすっかり脱がし、リリーをクッションの上に仰向けにすると、慣れた手つきでショーツと靴をとり去った。

「君はなんてきれいなんだ、リリー!」ドミトリは彼女の横に膝をつき、一糸まとわぬ体に見とれた。「ベルニーニの彫像のように完璧だよ」

リリーはそう思わなかった。ローマに来る前に、ベルニーニの作品をガイドブックで見ていたからだ。だが、ドミトリがそう思いたいのなら、べつに反論するつもりはなかった。

実際、反論するどころか、口をきくことさえできなかった。ドミトリがリリーの脚を広げさせて、そのあいだに膝をつき、プラチナブロンドの巻き毛の中心に顔を近づけたからだ。

全身の感覚という感覚がはじけ飛んだかと思った。最初に舌でそっとふれられただけで、リリーは初めて知る喜びに気が遠くなりそうになった。

ドミトリが唇と舌と指を使ってさらに執拗《しつよう》に愛撫を続けると、次から次へと耐えられないほどの快感が襲ってきて、リリーは泣きだしそうになりながら時間の感覚も理性も完全に失った。

　そのとき、ドミトリがリリーの体に少しずつ身を沈めはじめた。最初はつらいくらいゆっくりだったものの、やがてリリーの必死の懇願に応えて、しだいに動きを速めていく。そのあいだもずっと首や胸にキスをし、イタリア語で愛の言葉をささやき、手で愛撫し、さらなる喜びの頂点へとリリーを誘いつづけていた。

　その喜びはあまりに深いところからわきあがってくるようで、リリーは思わずドミトリの肩にしがみついた。すると、彼はそのままリリーを自分といっしょに歓喜の極みへと駆りたてていき、やがてその頂点に到達すると、至福の世界へとともに飛び立っていった。

　窓から差し込んでくる冬の朝日に気づいて、ドミトリは気持ちよく目を覚ました。彼は眠っているリリーの体を背中から抱き締めていた。片方の腕を彼女のウエストにまわし、もう一方の手で胸を包み、その手をリリーがまた自分の手で包み込んでいる。そして、リリーのヒップに心地よくふれている男性の証も、彼と同じくらいしっかりと目覚めていた。

　リリー……。

　なんてきれいなんだ。

　これほど敏感に反応し、喜びを与えてくれる女性とベッドをともにしたのは、彼にとって初めての経験だった。

　朝が早いのだから起こしてはいけないとわかっていても、ドミトリはどうしてももう一度、リリーの中に身を沈めたかった。それも、今すぐに。

　その気持ちを察したかのように、リリーがドミトリの腕の中で身じろぎしつつ目を覚まし、彼を受け入れるために脚を開いた。ドミトリはほっとして、リリーの体に少しずつ押し入っていき、二人はゆっくりとおたがいの反応を味わいながら、新たな喜びの頂点へとのぼりつめていった。

昨夜の我を忘れるほど刺激的なセックスと、今朝の静かに与え合うセックスとではどちらがよりすばらしいか、ドミトリにはわからなかった。どちらもそれぞれえも言われぬところがあり、リリーが与えてくれた喜びも予想をはるかに超えていた。

「興ざめするようなことを言って悪いんだけど」リリーが恥ずかしそうに体をふるわせて笑うと、その感触がドミトリの胸にも伝わってきた。あらわな肩ごしに、ドミトリのほうを見て言う。「私、どうしてもバスルームに行きたいの」

ドミトリはリリーの唇にキスをして、しかたなくからめていた腕をほどき、仰向けになった。「そのあいだに、僕は食事を用意して、ここへ運んでくるよ」

「まあ、ベッドに朝食を持ってきてもらうなんて初めてだわ」リリーがくるりと寝返りを打ち、肘をついて体を起こしてから、満ちたりた顔でうっとりとドミトリを見つめた。

ドミトリは手を伸ばして、リリーの額の髪をやさしく払った。「クリスマスの朝なんだから、女性はみんな、ベッドに食事を持ってきてもらうべきなんだよ」

そうだわ。今日はもうクリスマスなのだ。ドミトリとの一夜の熱い余韻にひたるあまり、すっかり忘れていた。

「私、あなたにあげるプレゼントを用意していないわ」リリーは残念そうに言った。

「僕もだよ」ドミトリの目は温かくほほえんでいた。「だけど、食事をしてまた元気が出たら、おたがいに違う形のプレゼントをあげられるんじゃないかな？」

ドミトリと知り合ってまだ二日もたっていないと思うと、リリーは目がくらみそうになった。最初に出会ったとき、彼といっしょにクリスマスの朝を迎えられるとは想像もしていなかった。

体を起こしたドミトリが、リリーの唇にキスをした。「食事をしたら、今日、君がしたいことを話し合おう」

息ができなくなった気がして、リリーはじっとドミトリを見た。二人の関係は単なるひと晩だけのお楽しみじゃなかったの？　彼は今日も、ずっと私といっしょにいてくれるのかしら？

ドミトリの次の言葉が、リリーの考えが正しかったことを証明した。「今日はずっと二人でいよう」リリーの耳たぶをやさしく噛み、彼女が甘美な刺激に体をのけぞらせると、おかしそうに笑う。「僕たちのあらゆる感覚を満足させ、祝うために」

その言葉を聞いただけで、リリーの体はまた熱くなってきた。「なんて……すてきなの」彼女はうっとりとため息をついた。

「そのとおりだ」ドミトリはもう一度キスをしてから、ベッドカバーをはねのけてベッドから出ると、裸のまま絨毯の上を歩いてドアに向かった。

もう一度枕に頭を戻したあと、リリーはそんなドミトリのうしろ姿をほれぼれと眺めた。

男の人があんなにすてきなヒップをしていていいものかしら。あれならどんな女性も、ひと目見ただけで食べてしまいたくなるというものだわ。もちろん、私だってそうしたい。

でも、あとになればできることだ。

ドミトリが部屋から出ていってしまうと、リリーは伸びをして、昨夜と今朝の思い出にひたった。そしてこれまで痛むなんて知らなかったところが――ドミトリが手や口でふれて喜びを教えてくれた秘密の場所が痛むのに気づいた。そのときの行為を思い出すと顔が熱くなったけれど、また彼に同じことをしてもらえると思うと、体まで熱くなった。

どこか遠くで電話が鳴る音がして、リリーはもの思いから覚め、現実に戻った。

さあ、ドミトリが食事を運んでこないうちに、バスルームに行かないと。夢のような空想にひたるのは、あとでいくらでもできるのだから。


リリーが急いでシャワーを浴び、歯を磨いてバスルームから出てきたあとも、ドミトリはまだ戻ってきていなかった。バスルームのドアの裏にかかっていたドミトリの黒いシルクのローブは、リリーが着るとくるぶしまであったので、袖から手を出すには数回折り返さなければならなかった。

決して優雅な姿とは言えなかったけれど、着心地は最高だった。シルクのようなやわらかな生地が、敏感になっているリリーの胸にふれると、まるでドミトリにやさしくふれられているようで、胸の頂がまた硬くなってくる。

寝室の窓辺に立ち、リリーはローマの街を眺めた。ここは世界一ロマンティックな街として、ずっと私の記憶に残るに違いない。この街で、私は恋をして……。

ドアの開く音がしたので、リリーは笑顔でふり返った。だが、部屋に入ってきたドミトリは朝食をのせたトレイを持っていなかった。

「結局、食事はあとまわしにすることに……」リリーはからかおうとしたものの、あとが続けられなかった。ドミトリの険しい表情を見て、笑顔が凍りつく。

口を固く閉ざしたドミトリは顎に力をこめ、リリーのほうには見向きもせずに部屋の中を横切っていった。そして黒いボクサーショーツをはくと、クローゼットからジーンズと黒いセーターをとり出して、急いで身につけた。

リリーは不安になり、ためらいがちに近づいた。

「どうしたの、ドミトリ？」

彼がいきなりふり返った。冷たいグリーンの目に怒りがひらめくのを目にして、リリーは胸がどきりとした。

「どうしたもこうしたもないだろう！」

そのあまりにうんざりした言い方に、リリーは思わずうしろに下がった。顔は真っ青になっていた。きっと階下に行っているあいだに、ドミトリは自分が昨夜、どんな女とベッドをともにしたかに気づいたんだわ。

そして、今になって後悔しているのね……。

11

ドミトリはリリーの引きつった顔を見て目を細くした。「こういうことになって、僕が喜ぶとでも思ったのか？」

リリーは驚いて目をみはった。「そ、そうは思わなかったわ。でも――」

「言い訳は聞きたくない！　キッチンで待っているから、服を着たらすぐ来てくれ。このあとどうするか話し合おう」

「話し合うって……」リリーはぞっとした。「いいえ、私はこうなったからといって、あなたと話し合いたくないわ」

彼が眉をひそめる。「そんな考えを持っているのは、君と僕では立場がまったく違うからか?」

リリーはごくりと唾をのみ込んだ。「ええ、そうでしょうね」気が遠くなりそうで、胸の奥が痛くてたまらない。けれど、その原因はまともに息ができないせいなのか、それとも本当に胸が張り裂けようとしているせいなのかはわからなかった。

というのも、ドミトリがキッチンに下りていったあとで、昨夜、自分が恋をしたのはやっぱりローマの街だけではなかったことに気づいたのだ。リリーはドミトリのすべてを、もはやあと戻りできないほど深く愛していた。

嫌悪感をむき出しにしているドミトリの顔を見ていられず、リリーは目をそらした。「私、服を着たら、すぐホテルに戻るわ。そうするのがいちばんいいと思うから」

「そしてシャンパンを注文して、幸せな二人のために乾杯するんだろうね」ドミトリが皮肉たっぷりに言った。

リリーはそらしていた目を、ゆっくりとドミトリに戻した。「どうして私がそんなことを? あなたはいったいなにが言いたいの?」

ドミトリが鼻で笑った。「フェリックスが有頂天になって連絡をしてきたんだろう!」

「フェリックスが?」リリーは眉をひそめた。「だけど私は――」

「僕は君の言い訳を聞いている気分じゃないんだ! さっきクラウディアが、フェリックスも君に電話をかけていると言ったんだよ。もっとも、君が僕の寝室にいるとは言わずにおいたがね」ドミトリは唇をゆがめた。「頼むから、とぼけるのはやめてくれ」

「私、とぼけてなんかいないわ」リリーはわけがわからずにドミトリを見つめた。「さっき電話の音が聞こえたけれど、あれはクラウディアからだったのね?」

「ああ、そうだとも」ドミトリは歯を食いしばって答えた。

唾をのみ込もうとして、リリーは喉仏を上下させた。急に喉がからからに渇いていた。「あなたが階《し》下《た》にいるあいだ、私はシャワーを浴びていたのよ。フェリックスとはロンドンを発《た》ってから、一度も話をしていないわ。二日前に、ローマに来るなというメールを受けとっただけよ」

たぶん、あのメールにあったように、私はローマになんて来なければよかったのだ。この街に来なければ、ドミトリに出会うことも、彼を好きになることもなかった。

ドミトリが急におとなしくなって眉をひそめた。

「今、言ったことは本当か?」

「嘘《うそ》はつかないわ」リリーは断言したが、そのあと元気のない声で続けた。「フェリックスは私に電話をかけていたかもしれないけれど、弟は私があのメールを見ずにローマに来ているってことをまだ知らないでしょう? だから、ロンドンの私のアパートメントにかけたのかもしれないわ」昨夜、椅子の上に置いたままのショルダーバッグから、リリーは自分の携帯電話をとり出した。「ほら、一件も着信はないでしょう?」そう言って、携帯電話の着信画面をドミトリの目の前に掲げる。

「間違いないんだな?」ドミトリが顎の筋肉を引きつらせた。

「ええ、間違いないわ」リリーは淡々とした口調で答えた。「ところで、あなたはフェリックスが私に電話をかけた理由を知っているようだから、もしかまわなければ教えてもらえないかしら」

ドミトリが鼻の穴をふくらませて、荒々しく息をした。「そんなことじゃないかと予想はしていたが、二人はミラノからさらに遠くへ飛んでいた。しかもラスベガスにだ。そして昨日、そこで結婚したらしい」

その言葉を聞くまでもなく、リリーもうすうすそうなる可能性については考えていた。もっとも、結婚するために、二人がわざわざラスベガスまで飛ぶとは想像していなかった。それでも、実際に結婚したと聞かされるとショックは大きく、リリーはよろめきながらあとずさりしていき、ベッドの端にどさりと腰を下ろした。

フェリックスがクラウディアと結婚した。

ドミトリが腹を立てているのは、昨夜私と夜をともにしたこととは関係なかったのだ。

それにしても、あのフェリックスがすでに結婚して妻がいるなんて、とても信じられない。もちろん、弟の幸せを思うと喜ばずにはいられなかったけれど、同時に深い喪失感がリリーの胸に広がった。弟との関係はこれからすっかり変わってしまうのだ。もうこれまでのように、二人きりのきょうだいではいられない。フェリックスと私のあいだには、弟の妻であるクラウディアが入ることになる。

そう考えると、なんだか不思議な気がした。慣れるまでに、少し時間がかかりそうだ。

しかし、まだ怒りのおさまらないらしいドミトリの顔を見ると、ぐずぐずはしていられなかった。

リリーはふるえる息を吸って、弱々しくほほえんだ。「そうね、あなたの言うとおりだわ。私たち、話をしたほうがいいわね。すぐ服を着て下りていくわ」

ドミトリは笑顔を返そうともしなかった。「あまり待たせないでくれ。そのあとで、僕はあちこち電話をかけるところがあるんだ」

「フランチェスコ・ジョルダーノにもかけるのね」

彼女は小さくつぶやいた。

ドミトリは体をこわばらせた。「ジョルダーノ家には、クラウディアが帰ってきて話を聞くまで、なにも言う必要はない」それだけ言うと、さっさと部屋を出ていった。

十分後、リリーが青ざめた顔でキッチンに下りていったときも、ドミトリの腹立ちはまったくおさまっていなかった。自分にひとことの断りもなく、クラウディアとフェリックスが結婚したことが、どうしても許せなかった。

リリーは昨夜と同じ、黒いワンピースと赤いカーディガンを着ている。その姿を見ると、彼女がこのあとホテルに戻るということよりも、昨夜ベッドをともにしたということしか思い出せなくなった。

昨夜の体験を忘れることは決してないだろう。女性といっしょにベッドの中で朝を迎えたのも初めてなら、そのあと一日じゅういっしょにいたいと思ったのも初めてだった。

ドミトリは唇を引き結んだ。「ところで、君の手の傷の具合はどうなんだ？　今朝、起きたときは尋ねるのを忘れていたが」

「言ったでしょう、私は傷の治りが早いの」リリーは肩をすくめ、手を上げてみせた。二日前にキッチンの窓ガラスを割ったときの傷は、もう小さな絆創膏《ばんそうこう》が貼ってあるだけだった。

「話をするあいだ、コーヒーを飲むか？」

リリーが用心深い目をドミトリに向けた。「今となっては、私たちが話すことなんてもうなにもないと思うけど」彼女は深々とため息をついた。「クラウディアもフェリックスも二十一歳になっているんだから、二人が結婚した以上、それでおしまいということでしょう」

そして、間違いなく私自身の夢も終わった。その夢が途方もなくロマンティックなものだったと、今ならよくわかるけれど、ついさっきまではドミトリとの関係になんらかの未来があるかもしれないと、私ははかない希望を抱いていた。

でも目の前にいるドミトリは、フェリックスに少しでも関係のある人間は絞め殺したくてたまらないような顔をしている。フェリックスの双子の姉である私が、その例外であるはずはない。

ドミトリがおかしくもなさそうに歯を見せて笑った。「おしまいどころか、クラウディアとフェリックスは、二人の物語の第一章が始まったばかりだと思っているだろうよ」

彼がいやみで言っているのがわかると、リリーは顎を高く上げた。「だって、結婚とはそういうものでしょう」

ドミトリが鼻の穴を大きくふくらませた。「だが、僕が認めなければ、そうはいかないだろうな。前にも言ったが、クラウディアが二十五歳になって相続権を得るまで、僕には妹を勘当する権利がある」

リリーは顔をしかめた。「それで、あなたはその権利を使うつもりなの？」

ドミトリは哀れむようにリリーを見た。「妹がクラウディア・スカルレッティでなくなり、相続する財産を失ったら、二人の結婚はいつまでもつだろうか？」

「あなたは、彼女がもうクラウディア・バートンになったことを忘れているようね」リリーはぴしゃりと言った。「それに、フェリックスのことをそんなにみくびらないほうがいいわ。あなたがなにをどう思おうと勝手だけど、弟は心からクラウディアを愛していなければ、結婚しなかったはずよ」

ドミトリが唇をゆがめて笑った。「なんとロマンティックなお嬢さんだろうね、君という人は」

「あなたこそ、なんて皮肉屋なの！」

「僕の立場だと、皮肉っぽく考えてしまうものなんだ」

「それってどういう立場なの？」

「一文無しのイギリス人にだまされて結婚してしまった、世間知らずな妹の兄だよ！」ドミトリはかっとなって怒鳴った。

リリーは自分でも怒りに顔が真っ赤になるのがわかった。「その一文無しのイギリス人は、私の弟なのよ！」

「よくわかっている。さらに、彼の狙いがなんなのかもね」

彼女が急に静かになった。「いったいなにが言いたいの？」

「フェリックスは財産目当てで結婚したんだよ、もちろん。それしか理由は――」

「もういいわ。これ以上、あなたが私の弟を侮辱するのを聞いていられない」リリーはくるりと背を向けた。

「僕がいいと言うまで、君はここにいるんだ。でないと――」

「いいえ、ドミトリ、とんでもないわ」リリーは肩を怒りにこわばらせ、ふり向いてドミトリをにらんだ。「ここから出ていくために、また窓ガラスを割らなければならないというなら、そうさせてもらうつもりよ」

ゆっくりと大きく息を吸って気持ちを落ち着かせたドミトリは、自分がいつになく度を失っていたことに気づいた。

だがたった一人の妹が……それも我が子のように守ってきた妹が、何千キロも離れた異国の地で、兄の祝福も受けずに結婚したと聞いて、度を失わない男がいるだろうか。しかも結婚した相手は、自分が雇った単なる個人秘書で、当然ながら妹の結婚相手としては認められない男なのに。

リリーを見ると、ショルダーバッグのストラップを握り締めた手の関節が白くなっている。彼女は本当に言ったとおりにする気でいるのだ。

ところが、弟の名誉のために腹を立てているリリーを見つめていると、不思議なことに、ドミトリの怒りはいくらかおさまってきた。ため息をついて言う。「ここで僕たちがののしり合っていても、問題が解決するわけじゃない」

「そうなの？　でも、あなたはさっきからまさにののしってばかりじゃない！」

ドミトリは苦々しく奥歯を噛《か》み締めた。「もし僕の言ったことで、なにか君の気にさわることがあったなら、あやまる」

気にさわるですって？　そんな表現ではたりないわ。リリーはあまりに深く傷ついていたから、今すぐここから出ていかないと、大声で泣きだしてしまいそうだった。でも、そんなことをして恥の上塗りをするわけにはいかない。「あやまってもらわなくてもけっこうよ。ただ、私をここから出ていかせてもらえれば」

「だめだ」

リリーはあきれた。「どういう意味かしら、だめって？　ああ、わかったわ。あなたはまた私をここで人質にしておくつもりなのね。今度はフェリックスがクラウディアをあなたに返して、二人の結婚が無効になるまでというわけ？」

ドミトリが渋い顔で言った。「クラウディアは昨日、二十一歳になってから結婚したんだ。婚姻の無効を訴えても、もう手遅れだ」

「じゃあ、どうするつもり？　フェリックスに手切れ金でもわたすの？　それでもだめだったら、さっき言ったように、クラウディアを勘当するの？」リリーは鼻を鳴らした。「早まったことをする前に、クラウディアがどういう反応を示すか、よく考えてみたほうがいいわ。あなたたちきょうだいの仲が、もう二度と元に戻らなくなる場合だってあるかもしれないのよ」

ドミトリのこわばっていた顎の筋肉が引きつった。

「まず第一に、僕は財産目当ての男に金をわたすつもりはいっさいない。第二に、僕が二人の仲を裂いたら、クラウディアが喜ばないことはよくわかっている。だがいずれは、僕がよかれと思ってしたのだとわかってくれるだろう」

「もし、わかってもらえなかったら？」

ドミトリの表情が荒涼とした。「そのときは、少なくとも妹のためを思ってしたのだと考えて、満足するしかないだろうね」

「それでいいの、あなたは？」

彼がうなずく。「しかたがない」

リリーはため息をついた。「もしフェリックスが、あなたみたいに私の人生の邪魔をしようとしたら、二度と顔を見せるなと言ってやると思うわ。もちろんその前に、そんな傲慢な人には一発お見舞いしてやるけど」

なにをしても意味はなく、ドミトリはまさに修羅場にいるような気分だった。それでも、クラウディアとフェリックスの結婚をこのまま黙って認めるわけにはいかなかった。

そして、リリーとの始まったばかりの関係については……。今、昨夜のことを持ちだしたりしたら、さっき言った一発を僕という傲慢な男にお見舞いしかねないほど、彼女は腹を立てているようだ。

「忠告は肝に銘じておくよ」

「あら、これは忠告じゃないの」リリーは言った。「もしクラウディアについてあなたが言ったことが半分でも当たっているなら、二人の結婚を認めないあなた自身の気持ちをどうするべきか、たほうがいいわ」

ドミトリにもそのことはよくわかっていたが、ショックのあまり、理性的には考えられなかった。それに、リリーとの関係をどう続けていけばいいのかも。もっとも、続けていければ、の話だが。

「このあと、君はどうするつもりだ？」

「このあと？」リリーは淡々と言葉を繰り返したけれど、青い目はまだ怒りできらめいていた。「さっきも言ったようにホテルに戻って……もちろんシャンパンで祝うためじゃないわよ。チェックアウトしてホテル代を払い、どこかもっと安いホテルをさがして、そこにイギリスに帰る便がとれるまでいるわ」

ドミトリが体を硬くした。「ホテル代は僕が払うと――」

リリーは彼に最後まで言わせなかった。「いいえ、こんな状態で、あなたにホテル代を払ってもらうわけにはいかないわ」

「こんな状態とは？」

彼女がドミトリとしっかり目を合わせる。「それを今さら私に説明させる必要があるの？」

いや、なんの説明も必要ない。ドミトリは意気消沈しつつ認めた。あのホテルを出るということは、リリーはもう僕にはなにもしてもらいたくないのだ。昨夜ベッドをともにしながらも、弟をひどく侮辱した男とはいっさいかかわりを持ちたくない、と思っているに違いない。

だが、クラウディアは僕の妹だ。六歳のときから大事に面倒を見てきた、かわいい妹なのだ。その妹が人生を台無しにしようとしているとき、ほかにどうすればいいというのだ？　この結婚に反対することで、たとえクラウディアとの関係がそこなわれたとしても、たとえリリーとの関係がこれきりになってしまうとしても、しかたがないとあきらめるしかない。

もっとも、リリーのうんざりした顔からして、僕たちの関係はとっくに終わっているのだろう。

「せめてホテルまで送っていくよ」

「いいえ、けっこうよ。タクシーをつかまえるわ」

「今日、タクシーはあまり走っていないだろう。クリスマスだからね」

そうだった。今日はクリスマスなのだ。リリーは暗澹《あんたん》たる気持ちになった。今日という日は、私の人生でも最悪の日になりつつある。それなのに私ときたら昨夜もそして今朝も、最高の日だなんて思っていたのだ。

たった一本電話がかかってきたために、こうもすべてが変わってしまうとは。その知らせも本当なら、祝福するべき内容のはずなのに。

「だったら、歩くわ」リリーは告げた。「それほど遠くないし、新鮮な空気を吸えば、少しは気分が晴れるでしょうから」

リリーの頑固さにほとほとあきれて、ドミトリはため息をついた。「クラウディアとフェリックスは二、三日以内にイタリアに戻ってくる。それまでローマにいなくていいのか？」

そのことはリリーも考えた。急いで着替えて二階から下りてくるあいだも、ずっと悩んでいた。なぜなら、昨夜ドミトリとベッドをともにしたことを思い出したら、泣きだしてしまうと思ったからだ。ホテルの部屋に戻って一人になるまで、涙を流すつもりはなかった。

だからフェリックスのことと、これからどうするかだけを考えつづけた。

子どものときから、いつも責任ばかりとってきたリリーは、フェリックスがどんないたずらをしても、必ずかばってあげた。そして両親が亡くなったあと、姉としての責任感はさらに増していった。だがフェリックスとクラウディアの結婚は、もはやリリーが肩代わりできるものではない。弟はもう一家の主《あるじ》として、すべての責任を負わなければならないのだ。それならこのへんでリリーは退き、弟自身に義務やらなにやらは任せるべきだろう。

それに、フェリックスがいつまでも姉のスカートのうしろに隠れていては、ドミトリに認めてもらえる日は決して来ない。だから、フェリックスと会って話をする機会が訪れたら、結婚を祝福して励ますだけにして、これからは自分一人で闘っていってもらおうと決めたのだった。

リリーは肩をすくめた。「やっぱり、私は飛行機のチケットが手に入りしだい、イギリスに帰ることにするわ」

おたがいに言うべきことはすべて……いいえ、たぶん、言わなくてもいいことまで言った気がする。あとは別れを告げるだけだ。

「それは、君が勝手に決めているだけじゃないか」ドミトリは緊張した声で言った。

「ええ、私が決めるときってたいていそうなの」リリーは落ち着いた声で言った。「ありがとう、ドミトリ。あなたのおかげでローマ滞在がとても……おもしろいものになったわ」

ドミトリは細くした目でリリーを見つめた。「そんな形式張ったことを言って別れるなんて、ばかげているよ。僕たちは――」

「ばかげているとは思うわ。でも、こうする必要があるのよ。あなたが暗証番号を押して門の扉を開けてくれれば、私は勝手に出ていくから」

「リリー――」

「お願いだから、さっさとそうしてちょうだい！」リリーは顔を真っ赤にして叫んだ。「私たちはもうほかにどうすることもできないんだもの！」

それでもドミトリは、ひどく嫌われたままリリーに自分の屋敷から、そしてイタリアから去ってほしくなかった。「だが、君がこのあともローマにいるあいだ、僕があちこち案内していけないことはない」

「あなたこそ、なにばかげたことを言っているの！」リリーはあきれたようにドミトリの顔を見た。「ぼろぼろになった自尊心がまだ残っているうちに、私はここから出ていこうとしているのよ。それなのに、いっしょにローマ見物に行こうだなんて、いいかげんにして！」彼女は腹立たしそうに髪をかきあげた。

ドミトリがリリーを見つめた。「ゆうべ、二人のあいだになにかあったからといって、君の自尊心も僕の自尊心も、その影響を受けるべきじゃないと思うがね」

「だからこそ、私は今すぐここから出ていきたいの！」

ドミトリが苦い顔をした。「僕たちは恥じるようなことはなにもしていない」

「私は恥じているんじゃないわ。こんなきまり悪い思いをさせられて、悔しくてたまらないだけよ。さあ、門についている小さな扉を蹴破られたくなかったら、私が行くまでに開くようにしておいてちょうだい！」

最後にドミトリをちらりと見てからリリーは背を向け、急いでキッチンから出ていった。大理石の廊下に響くパンプスの音が遠ざかっていき、しばらくすると中庭に出る扉が閉じる音がした。

うつろな心のまま、ドミトリはキッチンの壁のセキュリティパネルの前に立ち、門の扉を開けるための暗証番号を打ち込んだ。リリーの決然とした態度からして、門まで言ったときに扉のロックがはずれていなければ、彼女はきっと言ったとおりのことをするに決まっている。扉を蹴破ろうとして、またリリーに怪我《けが》をしてほしくはなかった。

12

ロンドン、二週間後

すでに日はとっぷりと暮れ、午後六時近かった。

「リリー？」

くるぶしまである黒いオーバーコートの襟をしっかり合わせて、リリーは今朝、自分の車をとめたところへと急いでいた。その足元では、一月の木枯らしに吹かれて木の葉が舞っていた。

自分の名を呼ぶハスキーな声には聞き覚えがあり、彼女はどきりとして立ちどまった。

暗い駐車場に視線を走らせると、リリーの車がとめてあるところから少し離れた木立ちの下に、背の高い男性が立っていた。黒い人影は不気味に見えたので、たとえ声が似ていても、ドミトリだという確信は持てなかった。

二週間前にローマから帰ってきて以来、リリーは何度もドミトリを見かけたような気がしていた。あるときはロンドンの目抜き通りで、あるときは自分のアパートメントの近くで、そして勤めている学校の近くでさえも。だがそう思った相手はいつも、ただ背の高い黒髪の男性でしかなく、実際に顔を見ると、ドミトリとは似ても似つかなかった。

でも、今度は声までよく似ている……。

「だれなの？」リリーは警戒しつつ尋ねた。

彼女はコートをまとった体を前かがみにし、寒さをしのぐために赤い毛糸の帽子を目深にかぶっていた。学校に残っているのが自分だけになっても急いで帰ろうと思わなかったのは、アパートメントにいても一人で長い夜を過ごすだけだったからだ。そして今、学校の暗い駐車場にいるのは、リリーと目の前の男性の二人だけだった。

　男性が木の陰から出てきた。しかし、月が雲に隠れているために、顔はよく見えない。

「あれからまだ二週間しかたっていないんだよ、リリー。まさか、僕の声を忘れたわけじゃないだろうね」

　まあ、本当にドミトリなんだわ。ほっとすると同時に、リリーの心臓の鼓動がいつもの二倍の速さで打った。

　いったい、彼はこんなところになにをしに来たのだろう？

　クリスマスの二日後、リリーはやっと空席を見つけた飛行機でロンドンに帰ってきた。そのあとは、ローマでドミトリといっしょに過ごした時間がまるで夢だったかのように思われた。だとすれば、最高にすてきな夢に違いない。でも、夢は夢でしかないのだ。

　リリーは大きく息をのみ、肩を緊張させて、駐車場に立つドミトリと向かい合った。「こんなところでなにをしているの、ドミトリ？」

　ドミトリが暗い色をした厚手のオーバーコートの下の広い肩をすくめた。冷たい風をしのぐために、コートの襟は立ててある。「仕事でロンドンに来たんだが、君によろしく伝えてきてほしいと、クラウディアに言われてね」

　クラウディアに言われて？　じゃあ、あなた自身の意思で来たわけじゃないのね。

　けれど、リリーはすでにクラウディアの人となりをよく知っていたから、そういう漠然としたことを、自由闊達《かったつ》な義理の妹が頼むとは思えなかった。というのも先週、クラウディアとフェリックスはわざわざロンドンまで会いに来てくれ、リリーは直接話をしていたからだ。

フェリックスとドミトリから聞いていたとおりの女性だった。純粋で、そして自分の意志を通すべきときは一途《いちず》で頑固だった。リリーは会ったとたんにクラウディアが大好きになり、フェリックスを心から愛してくれているのがわかると、もっと好きになった。

リリーは残念そうにほほえんだ。「だったら、もうその用はすませたのだから、安心してイタリアに帰れるわね。申し訳ないけど、ここに立っていると凍えてしまいそうだから、うちに帰って温かいものでも食べることにするわ」

近づいてきたドミトリがリリーのすぐ手前で立ちどまり、暗がりの中で白い歯をきらめかせてほほえんだ。「それが君の家で夕食をごちそうしてくれるという意味なら、喜んで招待を受けるよ」

「私、そんなことは……そういう意味じゃないってことはわかっているくせに!」リリーはドミトリをにらんだ。

もちろん、ドミトリにもよくわかっていた。リリーの逃げ出したがっているようすから、ふたたび自分に会えたことを喜んでいないのは明らかで、残念に思った。というのは、彼のほうはまたリリーに会えて心からうれしかったからだ。

もっともこんなに暗い駐車場では、リリーの顔はあまりよく見えなかったし、プラチナブロンドの髪は毛糸の帽子に隠れていた。それでも、やわらかい響きの声は聞くことができたし、リリーの香水の香りもした。

厚手のコートを着ていても、リリーの体はふるえているようだ。「本当に君の言うとおりだ。話はアパートメントに行ってからにしよう」

「私、あなたと話をするとも言っていないわ。手を離してちょうだい!」

しかし、ドミトリは逆らおうとするリリーの腕をしっかりつかんだまま、自分が乗ってきた車のほうを向かせた。「こんなに寒いのに、君はここで話を続けたいのか？」

足を踏ん張り、リリーは暗がりの中で目をぎらつかせた。「私はこんな話を続ける気なんてないの！　クラウディアに言われた用事はもうすませたんだから、さっさと――」

「僕がここまで来たのは、そんな理由からじゃない！」ドミトリはもう一度リリーを自分のほうに向かせ、両腕をつかんで体を揺さぶった。「たしかに、僕たちはローマでひどい別れ方をした。だが、君はいっしょにいるのも耐えられないほど、僕を嫌っているのか？」

リリーは口をぽかんと開けて、ドミトリの顔を見あげた。あなたを嫌う？　そんなことができるわけがない。この二週間、あなたのことしか考えられなかったのに。いつもあなたのハスキーな声を、笑顔を、手の感触を、やさしく強引なキスを、熱烈にふれてくれた夜のことを思い出していたのに。

私があなたを嫌いになるなんてことはありえない。

でも、その気持ちをドミトリに知られるようなばかなまねは、どうしてもできなかった。だからこそ、自分のアパートメントで彼と二人きりになるのが怖かった。

「今さら、こんな話をしているなんて信じられないわ」リリーは張りつめた声で言った。「時間の無駄よ。あなたも私も、言いたいことはみんな言って、ローマで別れたんだから」

リリーに非難めいた口調で言われ、ドミトリは鋭く音をたてて息を吸った。二人で最後に言い争ったことを、彼はこれまで何度も思い返してきた。そしてそのたびに、自分がいかにひどい態度をとったかに気づかされた。クラウディアが彼の許しもなく結婚してしまったことに腹を立て、気が動転していたのはたしかだが、だからといってリリーにあれほど辛辣なことを言ったり、あそこまでひどい別れ方をするべきではなかったのだ。

ドミトリは暗がりの中で、リリーの本意をうかがうように見つめた。「君は本気でそう思っているのか？」

「あなたはそうじゃないの？」

もしそうなら、ドミトリはここに来ていなかった。

「君が土曜日の結婚式に出ないのは、あの夜、僕とああいうことになったからなのか？」

リリーは虚を突かれ、勢いよく息を吸った。まさにそのとおりの理由から、リリーは土曜日にローマで行われるフェリックスとクラウディアの結婚式に出ないつもりだった。

だが昨夜、フェリックスと電話で話したときは、本当の理由は言わなかった。クリスマス休暇が終わって新学期が始まったのに、またすぐに休みをとることはできないとだけ伝えておいた。少なくともドミトリには、それが単なる言い訳にすぎないとわかってしまったようだ。

リリーは顎を高く上げた。「クラウディアとフェリックスに言ったように、新学期が始まったとたんもう一度ローマに行くなんて、私にはできないの」

「君のたった一人の弟の結婚式なんだぞ。それでもか？」

「ええ、それでもよ」

フェリックスの結婚式に出られないと思うと、リリーの心は痛んだ。けれどドミトリにまた会って、平然とした目を向けられたり、新郎新婦のために我慢強く丁寧な対応をされたりしたら、心が痛むどころではすまないだろう。完全に心が折れてしまうかもしれない。

でも、ドミトリともうここで再会してしまったのだから、あれこれと言い訳しても意味がないんじゃない？

「もう一度、よく考えてみるわ」リリーはため息をついて言った。

「それこそ賢明な判断というものだよ」

リリーは怪訝《けげん》そうな顔をした。「私が式に出るか出ないかが、あなたにとってそんなに問題なのかしら。二人が結婚したと知っただけで、あんなひどいことを言った人なのに」

ドミトリは苦笑した。「妹の結婚のことでは、君のおかげで気持ちを切り替えることができて、感謝しているよ」

「私のおかげで？」

「そうだ。最後に話をしたとき、君は厳しい現実を指摘しただろう？　だから、この結婚を認めなければ、僕はたった一人の妹を失うことになるかもしれないと気がついたんだ」

「ほんとに？」

「ああ。だから、クラウディアとフェリックスがローマに戻ってくるまでに、二人の結婚についてよく考えて結論を出した。僕としては、この結婚にはまだ多少の不安は残るが、クラウディアももう二十一歳なんだから、今後のことは彼女が自分で決めればいいとね」

「まあ」リリーは完全に気勢をそがれた。

ドミトリは暗い中でほほえんだ。「そう考えることにしたから、二人にローマで結婚式を挙げるように勧めたんだよ」

「ローマでの結婚式は、あなたが勧めたからだったの？」

「そうだ」ドミトリはうなずいた。「親戚やクラウディアの友達もそうだろうが、僕も二人の結婚式をこの目でしっかり見たいからね」彼は続けて言った。「それから、フェリックスには来月、ミラノ支社に行ってもらうことにした。スカルレッティ社の経営に深くかかわってもらうためにだが、そうなると二人はミラノに住むことになる。今年の末にはミラノ支社の社長が退職することになっているから、まかせて大丈夫だとわかれば、フェリックスをその後任にしようと思っているよ」

「まあ、それでこそ、私の知っているドミトリ・スカルレッティ伯爵だわ」

「そのとおりだ。さあ、こんな寒いところにいつまでも立っていないで、君のところに行って話をしないか?」

月明かりと街灯の明かりだけでなく、リリーはもっと明るいところでドミトリを見たかった。それに、彼は誠実に話してくれているように思われた。

「いいわ。でも、車をここに置いたままにしておいたら、盗まれたり荒らされたりするかもしれないから、あなたは私の車のあとからついてきて」

「もちろんそうさせてもらうよ」ドミトリはうれしそうにささやいた。

リリーはもう一度、警戒するようにドミトリをちらりと見てから自分の車へ急ぎ、ロックを解除した。そして車に乗り込むとシートにもたれて、信じられないような現実を一生懸命受けとめた。ドミトリは本当にロンドンにいて、私のアパートメントにこれからいっしょに行くのだ。おまけに、彼は自分の意志で私に会いに来てくれた。

それから十五分後、リリーは狭いながらも快適な自分のアパートメントの居間に立ち、すぐ近くにいるドミトリを強く意識しつつ緊張していた。

ドミトリはオーバーコートを脱ぎ、黒いカシミヤのセーターとジーンズ姿になっていた。色あせたジーンズはウエストの位置がかなり下にあり、長い脚がさらに強調されている。仕事のついでにリリーに会いに来たわけでないのは明らかだった。

「そうだよ」

「どうして？」

ドミトリが長いまつげをしばたたかせもせず、淡いグリーンの目でリリーを見た。「当たり障りのない返事が聞きたいか？　それとも僕の本音が聞きたいのか？」

彼女がおかしそうに言った。「私たちが当たり障りのない話をしたことがあったかしら？」

「ないね」ドミトリは認めた。「だが、これからはそうしてもいいかもしれない」

リリーは乾いてきた唇を湿らせた。「そうするのがあなたの希望なの、ドミトリ？　クラウディアとフェリックスのために、私と当たり障りのない関係になりたいの？」

体の脇で手を握り締め、ドミトリは緊張した声で答えた。「それでもいい。君がそんな関係以上のものを望まなければ、しかたがない」

「さてと、赤ワインでも飲む？」リリーは尋ねた。

「あなたのところにあるような高級品じゃないけれど」

「できれば、温かい飲み物のほうがいいんだが」ドミトリは答えた。「駐車場で君を待っているあいだ、寒くてたまらなかったんだ」

そんなことは考えもしなかったリリーは驚いた。

「どれくらい待っていたの？」

ドミトリが広い肩をすくめた。「フェリックスからは、君がいつも四時半には学校を出ると聞いていたから、念のために四時十五分には着いていた」

四時十五分ですって？　一時間半以上、あそこで私を待っていたの？「どうして学校の中に入ってきて、私をさがさなかったの？」

ドミトリは顔をしかめた。「君が僕に会いたいかどうかわからなかったからね。しかも職場で」

「それで、ただ待っていたの？」

リリーが驚いた顔をした。「でも、そういうのがあなたの望んでいる関係じゃないの？」

「違う」

喉元の血管が脈打つ。「じゃあ、本当はなにを望んでいるの？」

ドミトリが勢いよく息を吸った。「僕がなにを望んでいるかって？」彼は自嘲ぎみにほほえんだ。「なにもかもだ。僕は君が与えてくれるものを、すべて手に入れたいんだ」

驚いたリリーはあきれたように首をふった。「それって、私と体の関係を続けたいってこと？　たまたま仕事でロンドンにいるときは、いつもここに来て、私と夜を過ごしたいって意味なの？」

「そうじゃない！」ドミトリは腹立たしそうに怒鳴った。「僕はそんなことは言っていない！」そして前に一歩踏み出し、リリーの両腕をつかむ。「君をそんなに軽く扱っているようなことを言われると、僕の君を思う気持ちが汚される！」

リリーが急に静かになり、それからささやくような声で尋ねた。「あなたの私を思う気持ちって、どういうものなの？」

「わからないのか？　僕はこの二週間、君に会いたくてたまらなかった。離れているのが、まるで天罰のようだった。僕が今ここにいるのは、もう一日だって君の顔を見ずにいるのに耐えられなかったからなんだ。イギリスに来たのは、仕事のためじゃない。君に会いたくてたまらなかったせいだ。ゆうべフェリックスから、君が土曜日の結婚式には出ないと聞かされてたまらなくなり、今朝の飛行機でロンドンまで飛んできたんだよ」

リリーは息をするのもやっとだった。ドミトリが言っていることも、その意味も理解できそうになかった。

「僕は君を愛しているんだよ、リリー」ドミトリはとうとう宣言した。「いや、愛しているだけじゃない。君のすべてを……勝ち気なところも、ユーモアのセンスも、度胸のよさも、誠実な心も、なにもかも尊敬している」リリーを真剣に見つめるドミトリの声がやさしくなる。「君とひと晩だけでも愛し合えたことは、僕のこれまでの人生でなによりもすばらしい経験だった。目が覚めたら、君がそばにいて……ああいう思いはほかの女性たちには抱かなかった。君と会えずに二週間過ごしてみて、毎朝、愛する女性を腕に抱いて目が覚めるのはどんなにいいだろうと、愛する女性が僕の妻になってくれたらどんなにすばらしいだろうと思ったんだ」

「ドミトリ！」リリーの目は涙できらめいていた。

「お願いだから、泣かないでくれ」ドミトリはリリーのまつげにかかる涙を指でぬぐった。「僕は自分の気持ちを伝えたかっただけなんだ。君を困らせたり、いやな思いをさせたりするつもりはなかった」

彼はゆっくりと手を下ろした。「さあ、僕はもうこれで失礼する――」

「だめよ！」

ドミトリがとまどったようにリリーを見た。「だめだって？」

「ええ、だめよ、帰らないで。私も、あなたに会いたくてたまらなかったの」

ドミトリが喉仏を上下させて唾をのみ込んだ。

「君も？」

「ええ」リリーはドミトリに近づき、両手を彼の肩のあたりまで上げると、淡くてきれいなグリーンの目を見つめた。「私はローマで、あなたに恋をしたの」正直に告白する。「あなたを心から愛してしまったのよ」

ドミトリが信じられないというようにリリーを見る。「だが――」

リリーはドミトリの温かい唇にそっと指をあてて、

言葉の続きを封じた。「私が週末にローマに行かないことにしたのは、あなたに会うのが怖かったからなの。こんなに愛しているのに、あなたにまた会って、通りすがりに知り合っただけみたいな態度をとられるかもしれないと思うと、つらくて。私、あなたを愛しているのよ、ドミトリ。心から愛しているわ」

「リリー！」ドミトリが彼女をしっかりと抱き締め、驚きをこめて、その顔を見おろした。「ミ・アモール！　ミ――」

「英語で言って、ドミトリ」リリーは喜びで胸をいっぱいにしながら言った。「できるだけ早く、イタリア語を習うって約束するわ。でも今は、あなたがなにを言っているかさっぱりわからないの」

ドミトリの瞳の色がエメラルドのように深みを増した。「それよりも、僕のこの気持ちを行動で示してあげるよ」

そして、ドミトリはそのとおりにした。徹底的に、リリーが完全に納得するまで。

「僕と結婚してくれるね、リリー」それからかなり時間がたったあと、ドミトリがかすれた声で尋ねた。二人はベッドに裸で横たわり、おたがいの腕の中にいた。「僕と結婚して、この一風変わった僕たちの恋物語を、いつか孫に語って聞かせよう」

私たちの孫に……。

「ああ、ドミトリ。ええ、もちろんよ！」リリーは喜びをこめて承知した。

イタリアで伯爵と過ごした夢のような夜が、これからも二人の命あるかぎり続いていくことを、リリーは少しも疑わなかった。

ハーレクイン®

イタリア貴族の籠の鳥

2013年11月20日発行

著　　者	キャロル・モーティマー
訳　　者	山口西夏（やまぐち　せいか）
発 行 人	立山昭彦
発 行 所	株式会社ハーレクイン 東京都千代田区外神田 3-16-8 電話 03-5295-8091（営業） 0570-008091（読者サービス係）
印刷・製本	大日本印刷株式会社 東京都新宿区市谷加賀町 1-1-1
編集協力	株式会社風日舎

ISBN978-4-596-12912-3 C0297

11月20日の新刊　好評発売中！

愛の激しさを知る　ハーレクイン・ロマンス

孤独な妻	ヘレン・ブルックス／井上絵里 訳	R-2909
七夜の約束	キンバリー・ラング／萩原ちさと 訳	R-2910
愛の谷の花嫁	アン・メイザー／神鳥奈穂子 訳	R-2911
イタリア貴族の籠の鳥	キャロル・モーティマー／山口西夏 訳	R-2912
天使と悪魔の愛人契約	キャシー・ウィリアムズ／漆原　麗 訳	R-2913

ピュアな思いに満たされる　ハーレクイン・イマージュ

聖なる夜に開く薔薇	マーガレット・ウェイ／外山恵理 訳	I-2299
ひとかけらの恋	ベティ・ニールズ／後藤美香 訳	I-2300

この情熱は止められない！　ハーレクイン・ディザイア

ボスが突然、プリンスに	リアン・バンクス／長田乃莉子 訳	D-1587
本気のキスは契約違反（花嫁は一千万ドルⅠ）	ミシェル・セルマー／土屋　恵 訳	D-1588

もっと読みたい“ハーレクイン”　ハーレクイン・セレクト

ダイヤモンドは誘惑の石	ジャクリーン・バード／高木晶子 訳	K-192
アフタヌーンティーの魔法	シャロン・ケンドリック／山根三沙 訳	K-193
愛の一夜	レベッカ・ウインターズ／大島ともこ 訳	K-194

永遠のハッピーエンド・ロマンス　コミック

・ハーレクインコミックス（描きおろし）毎月1日発売
・ハーレクインコミックス・キララ　毎月11日発売
・ハーレクインオリジナル　毎月11日発売
・ハーレクイン　毎月6日・21日発売
・ハーレクインdarling　毎月24日発売

☆★ベスト作品コンテスト開催中！★☆

あなたの投票でナンバーワンの作品が決まります！
全応募者の中から抽選ですてきな賞品をプレゼントいたします。
対象書籍　【上半期】1月刊~6月刊　【下半期】7月刊~12月刊
⇒　詳しくはHPで！　www.harlequin.co.jp

12月5日の新刊 発売日11月29日

※地域および流通の都合により変更になる場合があります。

愛の激しさを知る　ハーレクイン・ロマンス

心を捨てた億万長者（ウルフたちの肖像V）	リン・レイ・ハリス／柿沼摩耶 訳	R-2914
クリスマスイブの懺悔	ダイアナ・ハミルトン／高木晶子 訳	R-2915
ひと月だけの愛の嘘	トリッシュ・モーリ／山本みと 訳	R-2916
ギリシアの無垢な花	サラ・モーガン／知花　凜 訳	R-2917

ピュアな思いに満たされる　ハーレクイン・イマージュ

今宵、秘書はシンデレラ	バーバラ・ウォレス／北園えりか 訳	I-2301
伯爵が遺した奇跡	レベッカ・ウインターズ／宮崎真紀 訳	I-2302

この情熱は止められない！　ハーレクイン・ディザイア

フィアンセの絶対条件（ダンテ一族の伝説）	デイ・ラクレア／大田朋子 訳	D-1589
秘密の電撃結婚（億万長者に愛されてⅣ）	キャサリン・マン／秋庭葉瑠 訳	D-1590

もっと読みたい“ハーレクイン”　ハーレクイン・セレクト

刻まれた記憶	ペニー・ジョーダン／古澤　紅 訳	K-195
花嫁の秘密	シャーロット・ラム／松村和紀子 訳	K-196
恋愛志願	サンドラ・マートン／小長光弘美 訳	K-197
雪舞う夜に	ダイアナ・パーマー／中原聡美 訳	K-198

華やかなりし時代へ誘う　ハーレクイン・ヒストリカル・スペシャル

最後の騎士と男装の麗人	デボラ・シモンズ／泉　智子 訳	PHS-76
子爵の憂愁	アン・アシュリー／杉浦よしこ 訳	PHS-77

ハーレクイン文庫　文庫コーナーでお求めください　12月1日発売

裏切りの結末	ミシェル・リード／高田真紗子 訳	HQB-554
愛の惑い	ヘレン・ビアンチン／鈴木けい 訳	HQB-555
マグノリアの木の下で	エマ・ダーシー／小池　桂 訳	HQB-556
花嫁の契約	スーザン・フォックス／飯田冊子 訳	HQB-557
恋する修道女	ヴァイオレット・ウィンズピア／山路伸一郎 訳	HQB-558
すてきなエピローグ	ヴィクトリア・グレン／鳥居まどか 訳	HQB-559

〈ウルフたちの肖像〉第5話は新進気鋭のリン・レイ・ハリス！

高額な報酬で、大富豪ジャックに同伴して彼の弟の結婚式に出席することになったカーラ。ジャックに惹かれながらも、彼の関心が体だけと思い距離を置こうとする。

『心を捨てた億万長者』

●ロマンス
R-2914
12月5日発売

ギリシア人富豪との恋をサラ・モーガンが描く

22歳になったセレーネは非情な父親から逃れて自立するため、「5年後に会おう」と約束してくれた初恋の人、実業家ステファノスの言葉を信じて会いに行くが…。

『ギリシアの無垢な花』

●ロマンス
R-2917
12月5日発売

レベッカ・ウインターズが贈るイタリア人伯爵との恋

事故に遭い、支え合った見知らぬ男性と一夜の愛を交わしたサミ。男性は亡くなるが、助けられた彼女は授かった子供を彼の父親に会わせようとジェノバに向かう。

『伯爵が遺した奇跡』

●イマージュ
I-2302
12月5日発売

キャサリン・マン〈億万長者に愛されて〉最終話！

1年前、熱烈な恋におち結婚するも、翌朝には結婚を解消した図書館司書のエロイーサ。ところが、それ以来連絡を取っていなかった結婚相手のジョナが突然現れた。

『秘密の電撃結婚』

●ディザイア
D-1590
12月5日発売

ダイアナ・パーマーが魅せるクリスマスの恋

ルームメイトの兄イーサンがクリスマス休暇にアパートに滞在することになった。奔放な女と決めつけたうえ、誘惑までしてきた彼に、ケイティは怒り狂い…。

『雪舞う夜に』

●セレクト
K-198
12月5日発売

超人気作家デボラ・シモンズの〈ディ・バラ家〉の物語、フィナーレ！

13世紀イングランド。ディ・バラ家の個性的で魅力あふれる7兄弟の恋を描いた、名作シリーズ。待望の最終話は、末息子ニコラスの物語。

『最後の騎士と男装の麗人』

●ヒストリカル・スペシャル
PHS-76
12月5日発売